「あーすげぇ気持ちいー……っ、青姦っぽくて興奮する……」
有生は腰を突き上げながら、不穏な発言をする。　（本文より）

B●BOY NOVELS

狐の愛が重すぎます

―眷《けん》愛《あい》隷《れい》属《ぞく》―

夜光 花

イラスト／笠井あゆみ

この物語はフィクションであり、実際の人物・
団体・事件等とは、一切関係ありません。

CONTENTS

狐の愛が重すぎます

―眷《けん》愛《あい》隷《れい》属《ぞく》―

■1　嵐の前の静けさ

一人暮らしを始めて、山科慶次《やましなけいじ》はその大変さに気づいた。

まず食事。慶次は実家暮らしをしていた頃はほとんど料理をしてこなかったので、作れるメニューは目玉焼きとインスタントラーメンしかない。試しに本に載っていた料理を作ってみたが、そもそも包丁を握ったことすらない慶次には、料理用語が分からない。結局、写真とは似ても似つかぬ料理になり、不味さをこらえて食べた。料理は高い壁だった。

次に洗濯。実家なら洗濯機に放り込んでおけば、きちんと洗って畳んだものが部屋に戻っていた。けれど自分で洗った衣類は、よれっとして汚れがとれていない。新しい洗濯機を買ってもらったので説明書を読んで使ってみたのだが、慶次は何かを見落としているらしい。

さらに掃除。最初の一、二週間は毎日がんばって掃除機をかけていたが、だんだん疲れてきて二日おき、三日おきと日が延び、最終的には埃《ほこり》が目立ってきたらでいいかと落ち着いた。

それからゴミの日というのも大変だ。決まった時間までに収集所に持っていかなきゃならないし、分別も面倒くさい。恋人が泊まった日にうっかり昼まで寝過ごして、生ゴミが異様に溜まった週は大変だった。

一人というのは誰にも叱られなくて気楽な分、全部一人でやらなきゃならないので、慶次にとってはすごく大変だった。これまで実家でのほほんと暮らしていた自分が、どれだけ家のことをやらずに来たか身をもって知った。

（ああ、兄貴の飯《めし》が恋しいぜ。兄貴の洗ったシャツは綺麗《きれい》だったな）

ふつうならここで母の偉大さを知るところだが、あいにくと慶次の実家では、家事はほとんど兄の信長《のぶなが》がやっている。男なのに家事スキルが抜群《ばつぐん》に高い兄のおかげで、これまで何不自由なく過ごしてこられたのだ。一人になってそれがよく分かった。

「慶ちゃん、この味噌汁クソ不味い」

九月の上旬、昨夜から泊まりに来ていた弐式有生《にしきゆうせい》が、朝から顔を顰《しか》めて言った。さらさらの茶色い髪に、すっきりした目鼻立ち、十人中、十人が美形だと認めるくらい見目麗《みめうるわ》しい青年は、慶次の恋人だ。

食卓には白飯と味噌汁、そして目玉焼きが載っている。昨夜突然現れたので、冷蔵庫に卵と野菜くらいしかなくて、今朝の朝食は質素極まりない。

「はぁ。マジで不味いよな……。何で俺、こんなに料理が下手なんだろ？」

慶次も味噌汁を啜《すす》り、がっかりして肩を落とした。せっかく恋人が県外から来てくれたというのに、ろくな料理も振る舞えない自分に幻滅した。せめて来るのを知らせてくれたら、スーパーで惣菜でも買っておいたのだが。

「出汁《だし》とかとった？　ってか具材を煮込みすぎて……。気のせいか、何か酸っぱい……」

一口飲んで有生は端整な顔を顰めて、お椀《わん》を押しやる。

「もう四日目だからなぁ……。さすがに俺も飲むのつらくなってきた」

慶次がうんざりして呟《つぶや》くと、有生の肩がびくっと跳ね上がる。

「四日目……？　慶ちゃん、これ腐ってない？」

有生が味噌汁に鼻を近づけて、青ざめる。一人暮らしで一番困っているのが、一人前の量がまったく分からないということだ。自炊しようと味噌汁や炒め物を作ってみるのだが、毎回大量に出来上がってしまい、食べるのに苦労する。冷蔵庫に野菜は余りまくっているし、ごはんも炊くと消費できなくて冷蔵庫にいっぱい残っている。

「ギリギリ大丈夫だと思うんだけど……」

不安になって慶次も味噌汁を啜ってみた。言われてみると酸っぱいような……。

『ご主人たまー。有生たまー。ギリセーフですので、ご安心下さい！　でも残りの鍋の味噌汁は捨てたほうがよいと思いますぅ。数時間後にはお腹に爆弾テロの予告ですぅ』

それまで黙っていた慶次の眷属《けんぞく》である子狸がぽんと飛び出てきて、親指を立てる。よかった。この時間はまだ大丈夫なんだなと安心していると、有生がすごい形相《ぎょうそう》で睨みつけてくる。

「めちゃくちゃアウトだろ！　フツー、彼氏に消費期限やばいもん食わす!?　ありえないんだけど！　俺を殺す気!?　慶ちゃんの飯は怖くて食えない！」

大声で怒鳴られてしまい、慶次はしゅんとして肩を落とした。

「そんな怒ることねーだろ。事前に言ってくれたら、俺だってちゃんと用意したよ。スーパーも閉まってるような夜更けにいきなりやってきたお前にだって非はあるぞ」

申し訳ないと思いつつ、慶次にも言い分はある。もともと突然現れる傾向はあった有生だが、以前は実家暮らしだったせいか、多少は連絡してくれた。それが今では、一人暮らしという気楽さゆえか、ふらりと現れることが多くなった。

「あー、もうやる気失った」

有生は箸《はし》を置いて、敷きっぱなしの布団に転がった。実家ではベッドを使っていた慶次だが、部屋が狭いので布団にしている。食事の後で押し入れにしまおうと思っていたのに、また寝られたら片づけられない。布団が敷きっぱなしだといまいち気分がすっきりしない。ただでさえ掃除が苦手なのに、ますます部屋が乱れて見える。

「そんな言うならお前が作ってくれたらよかったじゃん」

卵かけごはんを胃袋に詰め込むと、慶次は口を尖らせてテーブルの上を片づけた。子狸のアドバイス通り、味噌汁は全部捨てた。この大量に作ってしまう癖を何とかしたい。

「俺は客だよ？　何でもてなさない？　同棲してくれるなら、喜んで作ってあげる」

布団に寝転んでスマホを見ながら、有生が何げなく言う。一人暮らしを始めてまだ一ヵ月なのに、有生は同棲しようと未だにしつこい。慶次の親が認めるはずはないのに、諦めの悪い男だ。

「あー。だりー……」

スマホを放り投げて、有生が枕を抱えてごろごろする。有生の機嫌が悪い。昨夜来た時から、浮かない様子だ。食器を洗い終えて布団を敷いている部屋に戻ってくると、有生がため息と共に呟いた。

「仕事……したくねー……。辞めようかな」

慶次は雷に打たれたみたいに飛び上がり、有生をまじまじと覗《のぞ》き込んだ。

有生が仕事をしたくないと言った。しかも、辞めよう、なんて！

「え、マジじゃねーよな？　俺の聞き間違い……と言ってくれ。有生、今……もしもし？　お前に今の仕事以外に何ができると言うんだ？」

枕に顔を埋めている有生の横に正座して、慶次はおそるおそる声をかけた。

「何でもできるでしょ。俺、器用だし」

素っ気ない声で有生が言い、うつ伏せになって二度目のため息を吐く。

——その時、家のチャイムが鳴り響いた。

時刻は朝の八時。この時間に宅急便は来ないはずだ。一人暮らしを始めて近所にまだ知り合いもいないし、親が来る予定もない。

「誰だ……？」

慶次は困惑してモニターのボタンを押した。モニターには見知った女性が映っている。眼鏡をかけたボブカットの若い女性だ。

「あれ、嬰子《えいこ》じゃん。どうした？」

インターホン越しに話しかけると、画面の中の女性がニコッと笑う。嬰子は慶次の一つ下の従《い》姉妹《とこ》で、大人しそうな見た目だが芯の強い女性だ。嬰子には引っ越ししたというハガキを送ったが、まさか家に突然来るとは思わなかった。

「こんにちは。慶次君。引っ越し先に押しかけちゃってごめんね」

ドアを開けると、嬰子がぺこりと頭を下げる。今日は淡い色のシャツに、紺のジャケットを着てスラックスを穿《は》いている。

「有生さん、いるかな？」

笑顔のまま聞かれ、慶次は目を丸くして後ろを振り返った。来客が嬰子だと気づいたのか、有生が寝間着のまま、のそのそと玄関までやってくる。

「え、ウサギちゃんなんだ？」

慶次の肩に腕を回し、有生が驚いた声を上げる。嬰子が「はい」と頷《うなず》く。すると有生が面倒そうに頭を掻き、天を仰いだ。兎というのは嬰子のことだろうか？　二人の会話に入れなくて、慶次は嬰子と有生を見比べた。

「有生さんが逃げ回っているみたいだから、捜しに来ました。多分、慶次君のところだろうなって。ビンゴ」

嬰子は悪戯《いたずら》っぽい笑みを浮かべている。

「さぁ、仕事に行きましょう。有生さん」

逃さないといわんばかりに開いたドアに足をかけ、嬰子が迫ってくる。だんだん事情が読めてきて、慶次はもたれかかってくる有生の頭を軽く叩いた。

「お前、今日、仕事だったのかよ！」

泊まりでやってきたから、てっきり今日の仕事はないのだと思っていた。信じられないが、仕事に行きたくなくて、有生は慶次の家に逃げ込んだらしい。

「早く支度しろ!!」

有生の耳を引っ張って大声でまくしたて、慶次は有生と過ごそうと思っていた今日の計画が全部崩れ去ったのを感じた。

慶次は特殊な仕事を請け負う一族に生まれついた。

弐式家は討魔師という妖魔や悪霊を祓《はら》う仕事をしている。慶次は分家の出だが、一族では十八歳になった夏至の日に、誰でも討魔師になるための試験を受けることができる。受験は合計三回まで可能で、合格すれば討魔師として一族の中でも優遇されるし、対価を得られるのだ。慶次は小さい頃から討魔師に憧《あこが》れていて、十八歳の時に晴れてその栄誉を勝ち取った。

討魔師は眷属を憑けてあらゆる魔を退ける。試験に受かると、共に働いてもいいという眷属が名乗り出てくれるのだが、慶次の場合はありえないことに、半人前の子狸しかいなかった。最初は仕方なく受け入れたものの、子狸と一緒に仕事に励んでいくうちに、なくてはならない存在になった。

有生とは親戚というのもあって小さい頃から顔見知りではあった。とはいえ、向こうは本家のエリートで、憑けている眷属も位の高い白狐だ。しかも試験で憑けたわけではなく、幼い時分に向こうから申し出があったというまさに帝王ルートを歩んでいる。そんな有生は生まれた時から霊能力が高く、能力の低い慶次をからかってばかりいた。有生は気分屋で、負のオーラで傍《そば》にいる人に怖い思いをさせる変な体質を持っているだけでなく、他人に精神攻撃を加えるという困ったスキルを持っている。

対する慶次は結局身長が百六十センチで止まってしまった小柄な身体で、やっと憑いてもらった眷属も上手《うま》く扱えず、悪霊も妖魔も全部黒いもやもやにしか見えないという出来損ないだった。かろうじて体力だけは自信があり、小柄なわりに筋肉もしっかりついている。顔は黙っていれば可愛いと言われるが、性格は熱血で、曲がったことが大嫌いな不器用ものだ。

討魔師になって有生と相棒になっていろいろな事件に出会ううち、最初はなし崩しに身体の関係が始まり、今では他人もドン引きするラブラブカップルになった。

有生とつき合っていることを知った両親が当主に直訴して相棒関係は解消されてしまったが、今は慶次も一人暮らしを始めて仕事の合間に会えるようになった。

「何なんだよ、お前は。要するに仕事が嫌で俺の家に逃げ込んでいたのか？」

嬰子を玄関の前で待たせながら、慶次は面倒そうに着替えをする有生に文句を言った。慶次は現在、如月《きさらぎ》真《まこと》というベテランの討魔師と組んで仕事をしている。有生はというと、一緒に組める相性のいい相手がいないので、新人の討魔師を順繰りに組ませているのだ。

「っていうか、花咲《はなさき》美嘉《みか》じゃなかったのか？　双子の後だって言ってたんだけど」

慶次が記憶を辿って聞くと、有生が「その子とは一回だけ仕事した」とさも嫌そうに言う。美嘉は慶次と同じ日に試験を受けた分家の子で、鳩の眷属を憑けている。有生と組むのを嫌がっていたので、大丈夫かと心配していたのだ。

「一回で交代って、何かやったのか……っ」

以前有生が、組んだ弐式竜一《りゅういち》を再起不能にしたのを覚えているので、慶次は怖くて耳をふさいだ。

「何もしてねーし。あっちがびくびくしてうざかったから、機嫌悪かっただけ」

ムッとして有生がネクタイを締める。討魔師の仕事の時はスーツが基本なので、有生は紺色のスーツを着込んでいる。一応スーツを用意していたということは、本気で逃げる気はなかったのかもしれない。

「お前の機嫌が悪いって、冷気漂ってたんじゃないか？」

有生の不機嫌モードは場を凍りつかせる。きっと美嘉は生きた心地がしなかっただろう。どうやら美嘉が当主に相棒の交代を直訴したらしく、次の嬰子にお鉢が回ってきたらしい。

「あー、仕事行きたくね。めんどー。だりー」

ネクタイを結び終えると、鏡を確認して、有生は慶次を抱きしめてきた。ちゅっちゅっと音を立ててキスをされ、慶次はほわっと顔が弛《ゆる》み、有生を抱きしめた。

「俺だって今日は一緒にいられると思ったのに。次、いつ会えるんだよ？」

有生とするキスは甘くて、自然と頬が紅潮してしまう。有生は目を細めて微笑み、慶次の柔らかい頬を摘《つま》んだ。

「仕事終わったら、こっち戻ってきていい？」

「いいけど。俺も仕事入るかもだぞ」

「じゃ、合鍵ちょうだい」

ちゅーちゅーしながら話していると、突然チャイムが激しく鳴り響いた。びっくりして急いで玄関に走る。

「有生さん、まだかなぁ？」

嬰子はにこやかな笑顔を保ちつつ、目が笑ってないという圧力で迫ってきた。慶次と有生がいちゃついていると勘づいたのかもしれない。

「はー。じゃあ、ウサギちゃんと行ってくる。――ウサギちゃん、俺の車で行くんでいい？」

有生は慶次の頭を軽く撫でて、嬰子と一緒にエレベーターに向かう。何となく引っかかるものがあって、慶次は二人の背中を見送った。ウサギちゃんというのは、おそらく嬰子の眷属が兎だからそう呼んでいるのだろう。

(嬰子は嫌じゃないんだ……)

美嘉や他の新人と組む時は最初から拒絶ムードだった有生だが、嬰子に対してはそれほど嫌がっている雰囲気はない。嬰子も他の新人に比べ、有生を恐れている様子はない。

(有生の車に嬰子も乗るのか)

ふとそんな思いが過《よぎ》って、自然と鼓動が速まった。有生の車に同乗する嬰子を想像したら、不快な気分になったのだ。そんな自分にびっくりして、慌てて首を横に振った。

「俺、すげー心狭い……。有生の車の助手席を死守したいと思うなんて」

二人の姿が見えなくなり、慶次はドアを閉めてずーんと落ち込んだ。

『ご主人たまー。ぷぷー。ヤキモチですかぁ？』

子狸はにまにまして慶次の腕を突いている。これがヤキモチかと慶次はうなじを掻いた。

「嬰子に妬《や》くなんて、どうかしてるな、俺」

嬰子は他人の彼氏を奪うような子ではない。

「嬰子って俺と有生の関係、気づいてるよな？」

部屋に戻り、布団を押し入れにしまいながら慶次は子狸に尋《たず》ねた。他の新人討魔師は気づいていないようだが、ベテラン勢は慶次と有生の関係を知っている気がした。

『あの兎の子は、ばっちり気づいてますですぅ。能力が高いと、誰と誰が恋仲とか、オーラで読み取れるらしいですよ。ご主人たまはその点、まだまだですね。もちろんおいらは、人間を見ると赤い糸が見えるのですぐ分かりますですぅ』

子狸が胸を張って言う。

「えええっ!!　お前、マジでそんなこと分かんの!?　赤い糸ってホントにあんのかよ！」

びっくりして慶次が声を上げると、子狸がきりっと顔を引きしめる。

『おいらは縁結びの能力が強いみたいですぅ。成長して、自分のスキルが分かってきたのであります。だから最初からご主人たまと有生たまが強い絆で結ばれていたのもお見通しですよぉ。繋がっている糸みたいなものの色でどんな関係かすぐ分かりますぅ』

子狸の説明によると、恋仲の二人は赤い糸ではなく桃色の紐みたいなもので繋がっているそうだ。言われてみると子狸は慶次たちが恋愛感情を自覚する前から、愛し合っていると豪語していた。

「えー。面白いなぁ。仕事に生かせそう」

洗濯機に汚れたシーツを放り込みながら、慶次は感心して言った。

「洗濯したら、近所を探検しがてらウォーキングでもするか」

今朝も晴天で、シーツはすぐに乾くだろう。早く秋が来て暑さが和《やわ》らぐといいのだが。慶次は子狸がいてよかったと思いながら家の掃除に励んだ。神棚の水を替えて、祝詞《のりと》もあげた。有生が行ってしまったのにはがっかりしたが、一人暮らしを満喫するいい機会かもしれない。

前向きに考えようと己に言い聞かせ、慶次は有生に思いを馳せた。


有生が仕事で出かけた後、慶次にも仕事が入り、しばらく会えない日が続いた。中秋の名月には有生の家に遊びに行ったりしたものの、その後は何週間か休日が合わなかった。

（やっぱこうしてみると、俺たちって遠距離恋愛なんだなぁ）

これまでは相棒だったので、仕事があれば顔を合わせていたが、いざ相棒関係を解消すると慶次の住む和歌山と有生が住んでいる高知は遠い。いちいち会いに行くにも交通費がかかるし、車を持っていない慶次は夜中に思い立って有生のもとへ飛んでいくこともできない。

（でも同棲は絶対家族が反対するよな。黙ってするのも何か違うし。あー、どうにかしてまた相棒になれないかな）

十月も半ばを過ぎ、有生とはすれ違いのまま、如月と仕事で三重県へ行くことになった。とあるお寺に持ち込まれた人形供養をしてほしいという依頼があったのだ。如月とは指定された駅で落ち合い、如月の運転する車で寺へ向かった。仕事なので慶次も如月もスーツ姿だ。ハンドルを握る如月は、ふつうにしていても笑っているような顔の三十代前半の男性で、黒髪を後ろで一つに結んでいる。とらえどころのない人で、龍の眷属を憑けている。

「如月さんちも伊勢《いせ》市にあるんですか？」

如月の車の助手席に乗り込んでシートベルトを締めると、慶次は聞いた。如月の弟である来栖《くるす》和葉《かずは》は伊勢神宮の神職をしている。

「うん。俺の家、地元の名家。伊勢神宮の祭事には駆り出されている」

はっはっはと笑いながら如月が答える。

『隊長、さすがであります！　やんごとなきご身分とお見受けしましたぁ』

先ほどからずっと慶次の膝に乗っていた子狸が、目をきらきらさせて如月に言う。子狸は如月をずっと隊長と呼んでいる。

「すごいですね。あっ、と」

如月と話している時に、スマホが鳴り出した。この着信音は有生だ。

「有生？　出てもいいよ」

仕事中なのでスマホを切ろうとしたが、如月が察したように言う。

「何で有生って分かったんですか？」

他人のスマホにかけてきた相手が分かるなんて、慶次からすればありえない。慶次が恐れおののいて聞くと、如月がうーんと首をひねる。

「電波系は感知しやすいんだよね。今、ぱっと有生の顔が浮かんだ」

しれっと如月が言い、この人に隠し事はやめておいたほうがいいと慶次は悟った。如月のお許しがあったので電話に出ると、『慶ちゃん、今どこ？』と不機嫌な声が響く。

「今、如月さんと一緒に仕事先へ向かうとこだよ。三重県」

昨夜も遅くまで電話で話したのに、何の用だろうと慶次が心配すると、盛大なため息が聞こえてくる。

『慶ちゃん不足で死にそう。その仕事いつ終わるの？　俺も行っていい？』

どんよりした声で言われ、慶次はぱっと顔を赤らめた後、慌てて首を横に振った。

「いやいやいや、まだ現場に行ってもないし、いつ終わるか分かんないから来ないでいいよ。終わったら、電話するから」

有生に会えなくて寂しいのは慶次も同じだが、わざわざ三重県まで有生を来させるのは気が引ける。

『もう一ヵ月会ってないんだよ？　っていうか、実は和葉から会いたいって連絡が来てたんだよね。めんどくせーから無視しようと思ってたけど、慶ちゃんがそっちいるならついでに会いに行こうかな』

有生が思い出したように言う。

「来栖さんが会いたいって？」

来栖和葉とは六月に会ったばかりだ。不思議に思って如月をちらりと見ると、ふっと険しい表情になって「和葉が？」と聞き返される。

「実は俺もこの仕事が終わったら相談したいことがあるって和葉から呼び出されてるんだ。何かあったのかな。有生が暇なら、来てもらったらどうだ？」

如月が珍しく真剣な顔で言うので、慶次は困惑して有生にそれを伝えた。有生も何事か起きたらしいと察し、考え込んだ。

『あー、何かめんどくせーことに巻き込まれる予感がしてきたけど、慶ちゃんに会いたいからそっち行くわ。仕事終わったら電話して』

だるそうな口ぶりで有生が電話を切った。慶次はスマホをポケットにしまい、心配になって如月の横顔を見つめた。

「何でしょうね？　如月さんはともかく、有生にまで相談したいことって？」

和葉は爽《さわ》やかな好青年という感じで、神職についているし、厄介事に巻き込まれる要素はあまりないように思えるのだが……。

「うーん。嫌な予感しかしない。あいつ、あんまり相談とかするタイプじゃないからねー。これまでの人生で相談されたことなんて、一回もないんだよ。婿養子になるって決めた時も、神職につくって決めた時も、討魔師にならないって決めた時も、全部事後報告だったし」

「えーっ！　俺だったら相談しまくりですよ！」

慶次だったらどれもどうしたらいいか悩みまくって相談する案件だ。和葉は悩まないタイプなのだろうか？

「一見柔和《にゅうわ》に見えて、すごい頑固だしね。神職について少し頑固なとこは直ったかな」

如月は楽しそうに弟について語る。兄から見る和葉はまた違う面を持つのだろう。如月と和葉は年の差があるので、兄というより親みたいな気持ちが強いらしい。

和《なご》やかに話しているうちに目的の寺に着き、慶次たちは車を降りた。寺は建てられてまだ三十年ほどで、境内《けいだい》より檀家の墓の敷地のほうが大きい。住職に案内され、離れにあるお堂に行くと、堂内にはさまざまな人形がぎっしりと置かれていた。

「人形供養をしますってネットで広告打ったら、ものすごい数が送られてきまして。ちょっと中には手に負えないものもあるんで、お願いした次第です」

住職はまだ三十代前半という若い僧侶だ。世の中には人形を持て余した人が多いらしい。ちらりと見ただけだが、子狸が『ひぃっ!!』と飛び上がったので、相当やばいものもあるのだろう。

慶次は人形遊びには無縁だったが、ざっと見渡して人形が苦手になった。堂内にあるあらゆる形の人形に重なって、黒く禍々《まがまが》しい存在がひしめいている。ありていにいうと、全部の人形に何か入っている。

「じゃ、お願いしますね」

住職はにこやかに言って本堂へ戻っていく。残された慶次は如月と目を見合わせ、顔を引き攣《つ》らせた。人形は全部で百五十六体あるそうだ。

「やれやれ。これはかなりめんどくさい作業だな。とりあえず……」

如月はお堂の扉を全開にして中の淀んだ空気を一掃した。人形を踏まないように気をつけつつ、慶次も如月と窓を開けていく。日差しが入ると、それぞれの人形に入り込んだモノの力が少し弱まった。

「何か、いろんなのが入ってるんですね」

慶次は人形を観察し、気を強く持とうと深呼吸を繰り返した。

以前は悪霊関係が黒いもやもやしたものにしか見えなかった慶次だが、如月のおかげで今ははっきりと形が分かるようになった。人形の形がたくさんあるように、悪霊ばかりが入っているわけではなく、妖魔や付喪神《つくもがみ》みたいなものまでいる。おそらくその人形の扱われ方によって、入るものが変わるのだろう。

「人の形をしているものは、入りやすいんだよ。さてどうやってやるかな。えーと」

如月はじっくり人形を見て回り、ひょいひょいといくつかの人形を持ち上げて外に出した。どれも古びた市松人形かフランス人形で、慶次がたじろぐほど恐ろしい気を放っていた。

「これは今の君には無理だから、俺がやるよ。残りのをよろしく。まぁできたら成仏させてあげて。駄目だったら強制排除で」

ぽんと軽く肩を叩かれて、慶次は百体以上の人形を前に固まった。あまりにも恐ろしい、多数の人形を前にして、気が滅入《めい》る。

「わ、分かりました……」

決死の覚悟で頷き、子狸と目線を合わせる。

『ご主人たま、がんばりまっしょー。ファイト！』

子狸は拳《こぶし》を突き上げて言う。

「よ、よーし、やるぞ！」

慶次も気持ちを奮《ふる》い立たせて拳を突き上げた。


人形供養は骨の折れる仕事だった。まずは浄化できるものは浄化しようと、香を焚《た》き、般若心経と子狸の腹踊りで人形に入っている魂《たましい》を慰めた。子狸は成長して、腹踊りがパワーアップした。悪霊化していない霊は、子狸の踊りに心身共に浄化され、天に昇っていった。腹踊りがまったく響かない悪霊は、仕方ないので強制排除だ。

「待針《まちばり》、武器を」

慶次が手を差し出すと、子狸が四股を踏む。眷属の真名《まな》を呼び、腹の中に手を入れると、細く長い針が出てくる。

『待針、改良版ウルトラエックスです！』

子狸がドヤ顔で言う。何だかよく分からないが、いつもより針が長い。試しに人形に入っている悪霊の核と呼ばれる赤い珠《たま》をさくさくと刺してみる。眷属の武器で悪霊の核を刺すと、瞬時に消え去るのだ。

「お、おお？　すごいぞ、子狸！　たくさん倒せる！」

何体刺しても、子狸の武器が消えない。以前は四、五体刺すと武器が消えて新しい武器をもらわないと駄目だったのに。

『はい！　おいらの成長と共に、武器も進化したであります！』

子狸が親指を立てて、膨《ふく》らんだ腹を反らす。十五体倒すと武器は消えてしまったが、確実に進化している。しかも慶次のほうも、以前は多くの悪霊を倒すと生気を吸い取られたみたいにぐったりして動けなかったのに、まだぴんぴんしている。

「よーし、この調子でどんどんいこう！」

新しい武器を取り出し、慶次は嬉々《きき》として悪霊を刺していった。通常の妖魔と違い、人形に入っている悪霊は器《うつわ》である人形が動けないので、倒すのは簡単だ。中にはぎこぎこと音を立てて動き出したつわものもいたが、捕らえるのは容易《たやす》かった。

しかしそれも、百体までだった。

『く……っ、うう、おいら、もう駄目です……。ご主人たま……調子に乗ってサーセンでした……っ、これ以上何も出ないであります……』

日が暮れかかった頃、子狸がげっそりとやつれた顔になって倒れた。あんなにふくよかだった腹もしぼんで、尻尾も細くなっている。

「こ、子狸……っ、しっかりしろ……ッ、くう、俺も……マジで駄目かも……」

四肢が痺れて慶次も動けなくなり、子狸の隣に倒れ込んだ。最初は勢いのよかった慶次たちだが、あまりの数の多さに限界を迎えた。まだ二、三十体はあるというのに、力が入らない。子狸も武器が出なくなり、二人して屍《しかばね》になった。

「どれどれ、おー、がんばったね」

慶次たちが力尽きた気配を感じたのか、外で待っていた如月がお堂に入ってきた。慶次と子狸がボロボロになっているのを見て、おかしそうに笑っている。

「いやー、そこまでやらなくても。限界になる前に、助けを呼んでいいんだよ？」

如月がしゃがみ込んで慶次に憐れみの視線を向ける。

「い、いえ……限界までやれば、次はもっと向上するので……」

身動きが取れない状態で言うと、如月はぶっと噴き出した。

「うわぁ、そんなひと昔前のスポ根ものみたいなことを実践してる討魔師がいたなんて。有生が面白がるのも分かる気がする。まぁ今回はいいけど、これがピンチの時だったら、確実に君、足を引っ張るよ？　次は限界になる前に助けを呼んでね？」

笑いながら如月に諭《さと》され、それもそうだと慶次も反省した。如月は肩を鳴らして残りの人形を見やり、両手を天井に向けて上げた。

「――武器を」

慶次には聞き取れない声で眷属の真名を告げ、武器を望んだ。他人が眷属の真名を呟くと、何《な》故《ぜ》かいつも聞き取れない。きっと眷属の真名が判明しないようにぼかされているのだろう。

如月の声と共に、大きな龍の身体がお堂を横切り、いつの間にか如月の手に剣がもたらされている。剣は中国の演舞で見るような湾曲したものだった。

如月が剣を横に振る。すると残っていた人形の中の悪霊は一斉に消え去った。

「うわぁ……」

何回も見たが、如月の剣の威力はすごい。有生も一刀両断という感じですごかったが、如月の場合は流れるようなしなやかさがあるのだ。

「はい、終わり」

如月が剣をしまい、慶次は安堵して重い身体を起こした。力を使いすぎたのか、立ち上がることができなくて、如月の肩を借りてお堂から出る。腕時計を見ると、すでに五時間くらい経《た》っている。

「お手数おかけします……」

力を振り絞って何とか駐車場へ戻ると、慶次は頭を下げた。如月は住職に依頼の終了を報告してくると言って、車のキーを慶次に渡してきた。慶次はよろよろしながら先に車へ戻り、助手席のシートにもたれた。

「はぁ……。まだまだだなぁ。如月さん一人なら、きっとあっという間に終わったんだろうなぁ」

四肢の重さに辟易《へきえき》しつつ慶次が愚痴《ぐち》ると、子狸がキッと眦《まなじり》を上げる。

『ご主人たま、人と比べるのはナンセンスなのであります。比べるなら昨日のご主人たまと！ご主人たまはちゃんと成長してるのでありますから、無問題なのです！』

「うう。ありがとう、子狸。お前もすごく成長してるもんな。俺たち、これからだよな！」

『イエッサー！　ザッツライト！　俺たちの闘いはこれからだ！　ですぅ』

「え、それ打ち切りフラグ？」

子狸とくだらない言葉遊びを楽しんでいると、少しずつ元気が出てきた。ほどなくして如月が戻ってきて、運転席に座る。如月はぐったりしている慶次に浄化の術をかけてくれた。そのおかげで身体はだいぶ楽になる。

「遅くなっちゃったな。さっき和葉に連絡したら、明日、実家に顔を出すっていうから、今夜は有生と一緒にうちへ泊まるかい？」

ゆっくりと車を発進させながら如月に聞かれ、慶次は出がけの会話を思い返した。如月も和葉が心配らしい。部外者である慶次が一緒で大丈夫か分からないが、如月の家に泊めてもらえるなら宿代が浮いて助かる。

「そうさせてもらえると助かります。じゃ、有生とどこで待ち合わせします？　有生、如月さんち知ってるんですか？」

スマホを取り出して聞くと、知らないので駅で待ち合わせしようと言われた。慶次は早速有生に電話して、指定した駅の近くで落ち合おうと言って切った。有生は如月の家に泊まることに難色を示していたが、一人暮らしを始めたばかりで出費は極力抑えたい慶次にとって、宿泊費無料という好条件は譲《ゆず》れない。

それにしても和葉の相談ごとが気になる。和葉には特別なお守りをもらった恩がある。和葉からもらったお守りがあれば、悪い霊は寄ってこないのだ。できることなら、慶次も力になりたい。

高速を使い、二時間近くかけて慶次たちは伊勢市へ戻ってきた。

「慶ちゃん、遅い」

駅で落ち合った有生は、待ちくたびれて不機嫌だった。有生は車で来たらしいが、道が空いていて思ったより早く着いたらしい。

「悪い、悪い。俺が先導するから、ついてきてくれ」

如月はにーっと笑って、駅前のロータリーを回る。有生の車がちゃんとついてきているのを確認して、慶次は無意識のうちにわくわくした。

如月の自宅に着いた時には、すでに夜八時を回っていた。如月の家は先祖代々受け継いできましたという感じの雰囲気で、門もやたら横に長くて立派だし、庭に井戸はあるし、家屋は明治時代に建てられ重要文化財に指定されたという蔵屋敷だった。車はガレージに二台とも駐められたので、ホッとした。

「有生も如月さんち来たことないんだ」

分家の出身である慶次はともかく、本家の次男である有生は親戚の家とも行き来があると思っていたので意外だった。如月とはかなり昔から仕事もしていただろうに。

「俺、如月さんちの子ども嫌いだし」

旅行用のバッグを担《かつ》いで、有生が面倒そうに言う。如月の私生活はまったく知らないので、慶次はガレージから玄関に向かう途中、緊張した。有生が嫌うような子どもがいるのだろうか。手土産もなく突然お邪魔していいのだろうかと慶次が焦っていると、如月はさっさと玄関に行ってしまう。

「ただいま」

如月が引き戸を開けて中に入ると、廊下から騒がしい足音が聞こえてきた。身構える間もなく、三人の女の子が三和土《たたき》に突進してくる。

「狐、狐！」

「狐が来たぁ!!」

「狐のにーちゃんが来たよぉ！」

小学生くらいの騒がしい女の子たちがやってきて、きゃーきゃー騒ぎ出す。有生が隣でイラッとした空気を醸《かも》し出し、慶次はぽかんとした。

「あーうぜぇ。かしまし娘たち……」

狐、狐と騒がれて、有生は心底嫌そうに顔を背けた。ともかく女の子たちがうるさくて、言葉を挟む隙がない。

「あんたたち、うるさいよ！」

ぎゃーぎゃー騒ぐ女の子を一喝したのは、奥から出てきた小太りの女性だった。とたんに子どもたちはぴたっと口を閉ざし、女性の後ろに回り込む。

「あー、騒がしくてすまん。妻と、うちの子どもたちだ」

如月が苦笑して家族を紹介する。三姉妹はそれぞれ小学三年生、二年生、一年生ということだ。

「狸！」

「狸がやってきた！　ちっこ！」

「狐と狸がやってきたぁ！　きゃははは！」

三姉妹は慶次を見るなり、腹を抱えて笑い出す。笑われてムッとしたのか、子狸が頬を膨らませる。

『おいら、ちっこくないですぅ！』

「ちっさい狸が、ちっこくないだって!!」

三姉妹は子狸を見ることもできるし、声も聞こえるのだ。慶次が驚いて如月を振り返ると、やれやれと肩を竦《すく》める。

「すごいですね、さすが如月さんとこのお子さんです」

慶次が感心して言うと、如月の妻が首を傾げる。どうやら如月の妻は一般人らしい。

「だから如月さんちに泊まるの嫌だったのに。こいつらマジでうるせーし」

有生はげんなりした様子だ。

「まぁともかく上がって。夕飯用意してあるから」

気を取り直したように如月に言われ、慶次と有生は家に上がった。如月の妻に奥にある和室に案内され、荷物を置いた。急な泊まり客は珍しくないらしく、如月の妻は慣れた様子だ。落ち着いたところで広い座敷に呼ばれ、豪華な夕食が出された。長テーブルには伊勢エビや新鮮な刺身、山菜や煮物、まるで旅館に来たみたいに次から次へと料理が出てくる。同居している如月の両親も同席して、夕食は賑《にぎ》やかだった。如月の父親は若い頃、討魔師だったそうで、慶次たちを歓迎してくれた。

「狸の兄ちゃん、遊ぼ！」

「狸の兄ちゃん、こっち来てぇ!!」

「ちょっと！　アタシだって狸の兄ちゃんにおんぶされたい！」

三姉妹は食事の最中も騒がしくて、初対面の慶次に対して臆《おく》することなくまとわりついてくる。背中によじ登ったり、腕にぶら下がったり、やりたい放題だ。しかも慶次だけでなく、有生にまでやっている。有生を恐れる親戚は多いが、平気で狐呼ばわりしているし、弐式家の血が流れているせいか、如月が仕事の話をしたわけでもないのに、「パパ、人形遊びしてきたの？」と平気で聞いてくる。

「はー。すごい一家だな……」

三姉妹につき合わされて疲れ、有生と布団に横になった頃には、慶次はすっかり生気を吸い取られていた。子どものパワーというのはあんなにすごいものだっただろうか？　途切れる間もなく延々おしゃべりをしていた。

「やっぱホテルに泊まればよかった。頭がガンガンする。あいつら本家は出禁にしよう」

さすがの有生も疲れ果てて、慶次の布団に潜《もぐ》り込んできたが、悪さをする気配もなく眠りについた。和葉の相談事が無事解決することを願って、慶次も有生にくっついて目を閉じた。

■2　嵐がやってきた

　翌朝は三姉妹に突撃されて目覚めるという、すこぶる嫌な起き方をした。有生は不穏な気配を察して、いち早く布団から抜け出ていたのが納得いかない。年頃の男性の布団を剝ぎ取るなんて、どういう教育をしているのだと震え上がったが、三姉妹に説教など通じなかった。

　三姉妹はうるさいが、さすが如月の家はいい気が流れていた。神棚も立派なものがあるし、何よりどの部屋も綺麗にしていて、食事も愛情こめて作られた栄養バランスのとれたものだ。何でも如月の妻は子どもを産むまで、料亭で料理人をしていたらしい。どうりで凝った料理が出されるはずだ。

　三姉妹が学校へ行くと家は静けさを取り戻し、慶次たちは安心して和葉が来るのを待った。

「お帰りなさい、和葉さん」

　午前十時頃、玄関の引き戸を開けて和葉が現れると、如月の妻は笑顔で彼を出迎えた。婿養子に入るまでは和葉もこの家に住んでいたそうだ。

「兄さん、有生に慶次君まで。わざわざ来てもらって本当にすまない」

和葉は慶次たちを見回し、申し訳なさそうに頭を下げる。和葉は一重の優しそうな目元に、鼻筋の通った顔立ちで、有生と同い年なので二十四歳だ。以前会った時には狩衣《かりぎぬ》姿だったが、今日はふつうの青年っぽくニットのセーターにカーキのズボンという服装だ。伊勢神宮で神職についているのもあって、爽やかで清浄な気の持ち主だ。

「俺までいて、すみません。邪魔ならどこかで待ってますんで」

慶次が気を遣って言うと、和葉はとんでもないと手を振った。

「巻き込んでしまうようで申し訳ないけど、慶次君も一緒に。ちょっと皆を連れて行きたいところがあるんだ。いいかな」

和葉は腰を落ち着けるのを厭《いと》うように、家の中へは入らず、乗ってきた車に慶次たちを促した。如月が黙って助手席に乗り込む。慶次と有生も後部席に並んで座り、シートベルトを締めた。

「一体、何事なんだ？」

和葉の運転で移動しながら、如月が眉根を寄せて聞く。和葉の浮かない顔つきを見れば、ただ事ではないのは分かる。如月や有生に相談したいのだから、かなり厄介な内容だろう。

「会ってほしい人がいる」

ハンドルを握りながら、和葉はそれ以上口にしなかった。有生は質問するのを諦めて、スマホのゲームをしている。慶次は不穏な空気に気もそぞろなのに。

車が走り出して三十分もした頃、整地された並木通りに面した、九階建てのマンションに辿り着いた。和葉は黙ってマンションの駐車場へ車を入れる。

「うちの物件じゃないか」

如月が目を丸くして言う。如月いわく、駅から徒歩七分という立地にあるマンションで、築五年と新しく外観も綺麗だし、近くに公園や病院もあるお得な物件だそうだ。さすが地元の名家というだけあって、如月家はけっこうな土地持ちらしく、余った土地にマンションを建ててオーナー業もしている。このマンションの最上階の部分は、財産分与で和葉が所有しているという。

「あー。俺、嫌な予感がしてきたから、帰っていい？」

有生はマンションに入るのを厭い、なかなか車から降りようとしなかった。仕方ないので慶次が引きずり出すと、渋々エレベーターに乗り込んだ。

「困ったなぁ。これは大変だ」

エレベーターに乗り込んだ如月も渋い表情だ。まだ肝心の会ってほしい人に会っていないのに、如月も有生もすでに何かを理解している。慶次一人が分からずにもやもやしていると、有生の長い腕が肩に回ってきた。

「ねぇ、慶ちゃんは連れて行きたくない」

有生が和葉を睨んで言う。ここまできてのけ者にされるわけにはいかなかったので、慶次は慌てて有生の腕をつねった。

「何だよ、俺も行くぞ。俺だって話を聞くくらいできるんだから」

慶次が意気込んで言うと、和葉が困ったように有生を見やる。

「俺もいるし、大丈夫だろ」

不満そうな有生に如月がフォローを入れる。この時点で有生には待っている人間の正体がはっきりと分かったようで、うざったそうに髪をぐしゃぐしゃと乱した。

「最悪。知り合いなんて、知らなかった」

慶次の身体を抱き寄せ、有生が唸《うな》り声を上げる。話しているうちにエレベーターの扉が開き、慶次たちはマンションの共用廊下に出た。和葉はポケットから鍵を取り出し、角部屋のドアを開ける。

「俺だよ。連れてきた、入るぞ」

玄関で靴を脱ぎながら、和葉が奥に声をかける。一体誰が待っているのだろうと、慶次は興味をそそられて有生より早く靴を脱いで中へ入った。

間取《まど》りは3ＬＤＫで、奥にリビングがあり、廊下の途中に寝室があった。和葉は閉まっている寝室のドアを開け、ベッドに横たわっている男に近づく。慶次はその顔を見て、びっくりして立ち止まった。

「お久しぶりですね」

パジャマ姿で横たわっている男は、銀縁《ぎんぶち》眼鏡をかけた二十代後半くらいの男性で、頭に包帯を巻き、腕や足にもギプスをつけていた。頬に傷も残っているし、最後に会った時より痩せて満身創痍という感じだ。

「い、井伊《いい》さん……!!」

慶次は思わず数歩後ろに下がり、ひっくり返った声を上げた。

――ベッドにいたのは井伊直純《なおずみ》だった。弐式家とは因縁《いんねん》のある、井伊家の若殿と呼ばれている男だったのだ。

弐式家と井伊家の因縁は深い。眷属の力を借りて妖魔を祓う弐式家に対して、井伊家は妖魔の力を借りて人々の欲望を形にする。これまでも何度か井伊家との間で問題が起きたが、まさかここに来て直純が待っているとは思わなかった。

「こんな格好で失礼しますよ。何しろ、身体の自由がきかないものでね」

直純は重い身体を起こそうとして言う。すかさず和葉が直純の身体を支え、上半身を起こす。一体何があったのか知らないが、かなりの大怪我で入院していないのが不思議なくらいだった。

「和葉、説明してくれ」

如月が難しい顔つきになって振り返る。慶次は無意識のうちに有生の後ろに隠れ、様子を窺《うかが》った。直純には以前恐ろしい術をかけられた経験がある。慶次ごときでは敵《かな》わない相手だ。

「うちの一族と井伊家が敵対しているのは知っている。ナオとは……いや、井伊直純とは同じ高校だった。部活が同じで知り合ったんだ」

和葉は有生と如月を交互に見て、知られざる過去を明かす。

「待てよ、お前が言ってた助けられなかった友人ってこいつのことか？」

如月はハッとして井伊を見据える。和葉は慶次を気にしつつ、小さく吐息を落とした。

「うん。俺は昔、自分の力を過信していたから、直純に憑いている妖魔を祓えると思っていた。直純の家がおかしいのは知っていたし、引き離せば直純はまともになると思っていたんだ。結果として、俺は直純の家の者に太刀打ちできなくて、自信喪失した。その件があったから、討魔師を目指すのはやめたんだ。直純にも悪いことをしたと思って、関係もこじれた。卒業後は会っていなかったし、連絡してもこれまで返事は来なかった」

淡々と和葉が過去を明かす。和葉は慶次の眷属である子狸も視《み》えるし、討魔師になれる資格はあったが、試験を受けることはなかった。和葉と直純の間にそんな過去の確執があったなんて驚きだ。

直純は過去を語る和葉をじっとレンズ越しに見つめている。その表情にはどんな感情も表れていなくて、慶次はドキドキした。

「それ、ホントに偶然の出会いなの？　そいつは和葉が弐式家の血筋だと知ってて、近づいてきたんじゃないの？」

有生は図々しくもベッドに腰を下ろして、井伊に顔を突き出す。疑惑はあっても口に出すなんて大胆だと慶次はびびった。

「ふ……。私にも純粋だった頃くらいありますよ」

直純は動じた様子もなく、笑っている。

「あー、生まれた時くらいはね」

有生もにやーっとして、互いに笑い合う。その姿はまさに大蛇と化け狐という感じで、慶次は下腹部が縮み上がる気がした。

「で、卒業後は疎遠だった彼がどうしてここに？」

如月は唯一冷静で、息が詰まりそうな空気を和らげてくれる。

「直純から連絡が来たんだ。彼は井伊家と繋がりを断ちたいと言っている」

和葉が直純の肩に手を置いて言った。井伊家と繋がりを断つ——ということは、井伊家に背くということか！

「本気？」

有生は目を眇《すが》めて聞く。有生は直純の話を信じていない。

「冗談でこんなことできませんよ。当主に申し出たら、大怪我を負わされましてね。命からがら逃げた先で、自分を助けてくれそうな如月……いえ、今は来栖和葉、ですね。和葉に連絡を入れたんです」

直純はふーっと重苦しい息を吐いた。確かに全身、ひどい怪我だ。これでは歩くこともままならないだろう。

「そもそも私が井伊家を抜けたいと思ったのは、あなたのせいでは？」

きらりと眼鏡を光らせ、直純が有生を睨みつける。

「あなたが私に強力な癒やしの術をかけたせいで、おかしくなったんです。私は以前の自分に不満などなかったのに……、あなたのせいで母親の死因を知り、親族が私を洗脳していた事実を知った。少しは責任を負うべきだ」

直純は有生と睨み合い、強い口調で言い切る。そういえば、慶次を助けるために駆けつけた有生は、直純に対して白狐の癒やしの術を施した。有生と直純は以前も何かあったらしく、生い立ちがどうのと言っていた。くわしく聞きたかったが、部外者の慶次は口を挟めないので想像するばかりだ。

「えー。俺のせいー？」

有生はベッドに寝転んで、ブツブツ文句を言っている。事情を知り、如月がふむと顎《あご》を撫でた。

「なるほど。これだけ大事《おおごと》だと、さすがの和葉も相談するんだなぁ」

如月は何故か嬉しそうな顔だ。歳の離れた弟に相談されて嬉しかったのだろう。

「兄さん、すみません。俺一人じゃ、どうにもできないから」

和葉は如月に向かって頭を下げる。

「事情は分かった。それで井伊さんは、今後どうしたいんだ？　君が和葉と同じ高校だったことは井伊家の者も知っている人がいるんだろう？　マンションの所有者は和葉だし、遅かれ早かれ、ここにいたら見つかってしまう」

如月に促され、直純が眼鏡のブリッジを指で押し上げる。

「怪我がよくなったら、海外に逃げるつもりです。井伊家の者もそこまでは追ってこないでしょう。仮に追ってきたとしても、国を離れると妖魔の質は落ちる。対処は可能です」

慶次は目を丸くして、ひそかに子狸を呼んだ。

「子狸、海外だと妖魔の質が落ちるのか？」

部屋の隅でこそこそ子狸に聞くと、慶次の腹からにゅっと顔だけ出した子狸が『妖魔だけでなく、おいらの力も弱まりますぅ』と小声で答えてくる。

『国と国の間には見えない壁があるのですぅ。簡単にいうとなわばり的な問題なのであります。よその国の妖魔が暴れることがないよう、国境を越えると力が弱まるものなのです。えへん』

子狸はそう言ってまた慶次の身体の中へ戻っていった。どうやら直純とは顔を合わせたくないようだ。

「足の怪我が治るまでに、二、三カ月といったところでしょうか。その間の護衛をお願いしたいものですね」

神妙な顔をする井伊を如月はじっと見ている。

「俺からもお願いする。直純を助けてやってくれないか？」

和葉は慶次たちを真剣な眼差《まなざ》しで見つめ、頭を下げる。

「俺は別に構わないが」

如月は気負う様子もなく、さらりと答える。確執のある井伊家の人間を躊躇《ちゅうちょ》なく助けようとする如月は、慶次の目には立派に映った。力もあるし、能力もあるからこそ言えるのだ。慶次は正直以前やられたことが頭に残っていて気が進まない。自分でも心が狭いと思うが、あの時されたことを謝ってもらわないと納得いかない。有生はどうだろうと気になって顔を覗くと、白けたような顔つきだった。

「ちょっと、ちょっと、そんな気軽に引き受けるとかいい人通り越して、偽善者か、実は悪人としか思えませんけどー？」

案の定、有生は跳ね起きて嫌そうに顔を背けている。その態度に少なからずホッとして、慶次は事の成り行きを見守った。

「そもそもこいつ助けて俺らに何の利があるの？　それなりの報酬ないと、やるわけなくね？井伊さんさぁ、俺らが討魔師だからって、誰でも彼でも助けるような善人と思ってほしくないんだけどぉ？　っつうか、ぶっちゃけ井伊家の内紛で同士討ちしてくれたら楽じゃん」

有生は面白そうに笑いながら言う。井伊を助けるのに抵抗はあるが、有生の言い分を聞いているとこちらが悪人に思えてきた。

「ひどいですね……あやうく死ぬところだった私を見捨てると」

直純はつらそうに肩を落とし、額を手で覆う。そう言われると確かにこのぼろぼろの男を見放すのは良心が痛む。

「ハハハ。いっそトドメを刺してやろうか？　あんたうぜぇし」

有生はまったく良心が痛まないのか、逆に楽しそうに直純のほうに身を乗り出す。二人の間に張り詰めた空気が漂い、慌てたそぶりで和葉が有生の肩を後ろに引いた。

「有生、彼と個人的な確執でもあったのか？」

和葉は困惑して有生と直純の様子を窺っている。

「まぁまぁ落ち着け。井伊さん、有生じゃないけど、確かにただであなたを助けるわけにはいかない。あなたもそれは心得ているんだろう？　あなたを助ける代わりに、俺たちに何をしてくれるのかな？」

如月が呑気《のんき》な声で場の空気を和らげた。如月といると気負いが抜けていく気がする。持って生まれた空気感なのか、あるいは何か術でも使っているのだろうか。

直純は有生から視線を外し、再びにこやかな笑みを浮かべて如月に身体を向けた。

「私を助ける代わりに、現在井伊家で行っている術に関して明かしますよ。目をつけた神社や寺を汚して、眷属を奪い取るということをしています。もちろん、眷属を妖魔にするためにね。時間をかけてひそかにやっているので、まだ弐式家は気づいておられないようだ。現在、八カ所の神社と寺で進行しています」

あらかじめそのカードを出すつもりだったのか、直純の口調は滑らかだ。そんな悪いことをしようとしていたのかと、慶次は腹が立った。慶次の腹の中にいる子狸もめらめらと闘志の炎を燃やして『許すまじ！』と呟いている。

「なるほど……。そういう話なら、仲間を納得させられる」

にこにこして如月が頷き、有生もベッドから下りて慶次の横に並んだ。

「え……じゃあ」

和葉が戸惑ったように二人を見る。

「当主にこの件を報告して、弐式家全体の問題として扱うよ。和葉、悪いけど俺たちだけで解決するとは言ってないからね。とりあえず、今夜にでも井伊さんを俺の知り合いの病院に移動させよう。ＶＩＰ御用達《ごようたし》の病院だから、外部に漏れる心配はない」

如月はスマホを取り出して、有生の肩を叩く。ちらりと直純を見ると、少しだけ不満そうな目つきをしていた。きっと弐式家に自分のことが知れ渡るのが嫌なのだろう。慶次はここにいる人だけでこの問題を片づけたくなかったので、ホッとした。

「あのさぁ」

有生は慶次の肩に長い腕をのせ、直純を見下ろす。

「もしこれが、うちを陥《おとし》れる壮大な計画だとしたら、ひどいことになるから覚悟しててね。俺はぜんぜんあんたを信用してない。和葉はいい奴だからあんたを信じてるっぽいけど、俺を呼んだ時点で、疑惑がゼロってわけじゃないんだろうし」

低い声で有生が告げ、背後にいた和葉がどきりとしたように固まった。

「何を言っているかよく分かりませんが、肝《きも》に銘《めい》じておきましょう。私は井伊家から抜けたい。それだけです」

直純は平然とした態度で有生を見返す。二人の間に見えない火花が散ったようで、慶次は有生の腕から離れたくなった。

それにしても大変なことになった。これからどうなるんだろうと慶次は頭を悩ませた。

マンションを出ると、慶次たちはそのまま高知にある本家に向かうことにした。井伊直純に関して、一族で会議を行うためだ。慶次は有生の車に乗り、和葉は如月の車に乗り込んだ。

高知の山奥にある弐式家に着いた時には、時刻は夜の十時を過ぎていた。真っ暗だが、三メートルはある黒い門の上では烏天狗《からすてんぐ》が提灯《ちょうちん》の明かりを掲げて見下ろしていた。遅い時間にもかかわらず、何台もの車が敷地内に入っていく。あらかじめ如月が当主に連絡を入れ、当主が主だった面子《メンツ》に声をかけて招集したようだ。

長距離を移動して疲れていたが、慶次は有生と如月、和葉と共に母屋《おもや》と渡り廊下で繋がっているお堂に向かった。

お堂は中庭からも出入りできるので、出入り口にいくつもの靴が置かれていた。すでに多くの討魔師が集まっているようだった。こわごわとお堂の引き戸を開けて中に入ると、祭壇の前に並べられた座布団に弐式家のベテラン討魔師たちが座っていた。

慶次たちは彼らに会釈《えしゃく》をした。お堂は大きな板敷きの間で、祭壇に魔鏡と呼ばれる鏡を祀《まつ》っている。この鏡はあの世とこの世、すべての世界を映すそうだ。当主と巫女様だけが触ることを許されたご神体なので、慶次はその真偽を知らない。

「おお、戻ったか」

慶次たちを見て最初に立ち上がったのは、巫女様と呼ばれる御年《おんとし》八十二の弐式初音《はつね》だ。一族のご意見番として、誰もが一目置いている。緋袴《ひばかま》姿で、年のわりに腰も曲がっていないし、滑舌《かつぜつ》もいい。

「お帰り、有生、慶次君。和葉は久しぶりだな。如月もすまない」

続いて当主である弐式丞一《しょういち》が温和な笑みを浮かべて声をかけてきた。丞一は恰幅《かっぷく》のいい五十代後半の男性で、有生の父親だけあって端整な顔立ちだ。有生は父親の挨拶《あいさつ》にあくびで応え、和葉は恐縮した様子で丞一に頭を下げた。

「全員集まったようだな」

丞一の隣にいたのは弐式耀司《ようじ》で、狼の眷属を憑けている慶次の憧れの存在だ。長身で顔も整っているし、いつも堂々としていて冷静そのもの、本家の跡取りと言われている。耀司の傍には目付役の中川《なかがわ》が控えていた。

他には丞一の弟の和典《かずのり》や、慶次の父親の姉である山科律子《やましなりつこ》、他に重鎮と呼ばれる高齢の討魔師も集まっている。総勢十五名ほどで、急な招集のわりに血族が多く駆けつけたようだ。

「さて、井伊家の若殿と呼ばれる井伊直純から助けてほしいという申し出があった。どうやら井伊家から抜けたいようだ。抜けるのを許さない井伊家から大怪我を負わされたので、海外へ逃亡するまでの間、かくまってほしいと言われている。その見返りに、井伊家が行っている悪《あ》しき計画の詳細を教えると。どうやら眷属を妖魔化する目論見《もくろみ》らしい」

静かに丞一が切り出し、和葉に目配せする。和葉は自分が彼と同級生だったことを明かし、ここに至るまでの経緯を説明して、力を貸して下さいと頭を下げた。

「罠《わな》である可能性は？」

重鎮の一人がにこりともせず、切り込む。

「眷属は引き受けろと言っている」

丞一は厳《おごそ》かに告げる。

慶次は気になって、こそこそと子狸に尋ねた。

「そういや俺、聞いてなかった。子狸、この件、引き受けたほうがいいのか？　つっても、まぁ。

俺みたいな下っ端には関係ないかもだけど」

子狸はうーんと唸りながら腕を組み、くるっと一回転した。

『あの眼鏡はぜんぜん性格が変わってません！』

きっぱりと子狸に言われ、慶次は顔を引き攣らせた。

「じゃあ、駄目じゃんか！　騙《だま》してるってことだろ!?」

直純が陰険なままだとしたら、罠としか思えない。慶次はこの事実を皆に伝えようとしたが、子狸にキックで止められた。

『ご主人たまぁ！　でも騙してるわけじゃなくて、抜けたいと思ってるのはマジもんらしいですぅ。だからおいらとしては、協力するのを勧めますぅ！』

子狸に言い切られ、蹴られた頰を擦りながら、慶次は首をひねった。性格は変わっていないが、直純が井伊家と縁を切りたいと思っているのは本当なのか。

「俺の眷属も引き受けるべきと言っている。皆の眷属もそうなんじゃないか？　だとしたら、一族の総意として引き受けるべきだろう」

和典が口元に笑みを浮かべて頷く。和典に促されて、他の討魔師もそれぞれ頷いた。

「井伊直純は井伊家が八カ所の神社、もしくは寺で、ひそかに眷属を妖魔化する術を施していると言っている。手分けしてそれを修復していくのがいいと思うが」

如月は手を挙げて、腰を浮かした。全員の視線が如月に集中する。

「今回集まった者は、どうやらその八カ所の眷属を助ける役目を負うようだ。丞一さんも、察しているんじゃないか?」

ニヒルな笑みで如月が言い、丞一が苦笑して咳払いする。

「そうだな。今回招集された者が、使命を負っているらしい。俊信《としのぶ》、和典、如月、律子……」

丞一が立ち上がって正座しているベテラン討魔師たちの名前を呼んでいく。名前を呼ばれたベテラン討魔師たちは表情を引き締めて、居住まいを正す。何人かの名前が呼ばれた後、丞一はこちらを見た。

「それから耀司と有生。お前たちも、力を尽くしてほしい。仕事は後回しだ。今回の件を先に解決する」

当主らしい厳かな言い方で丞一が命じ、耀司が頷いた。有生は面倒そうにちらりと丞一を見上げただけだ。慶次は自分の名前も呼ばれるのかと期待していたので、名前が挙がらなくてすごくがっかりした。下っ端だと分かっていても、偶然この場に居合わせたことは、何か意味があるのではないかと思ったのだ。

「では、彼からくわしい話を聞いてこよう。詳細は追って連絡する」

如月が軽く手を叩き、スマホを取り出した。直純は如月の手配した病院に搬送された。伊勢にある病院なので、気軽には行けない。

「話終わった?　もう部屋、戻っていい?」

一族の討魔師が気を引き締めているというのに、有生はだるそうな口ぶりでうなじを掻いている。丞一に手を振られ、有生は慶次の手を握ってお堂から出た。慶次としてはまだあの場にいて、これから始まる眷属救出作戦に加わりたかったのだが。

「いいなぁ、お前は期待されてて」

離れにある有生の家へ向かうため、慶次たちは真っ暗な庭を歩いた。いつの間にか緋袴の女性が現れ、提灯を掲げて慶次たちを先導している。緋袴の女性はふさふさの尻尾を揺らしていて、正体は有生の眷属である白狐の配下だと分かる。

「は？　期待？　めんどいこと押しつけられてるだけじゃん」

有生は握った慶次の手を振って石畳を進む。辺りはすっかり真っ暗で、煌々《こうこう》と月が輝いている。

「俺も眷属を助ける使命を負いたかったなぁ」

大きくため息をこぼすと、有生が顔を覗き込んでくる。

「何、言ってんの。俺と一緒に行くでしょ？　これ、仕事じゃないから、誰と行こうが俺の勝手だし。慶ちゃん、旅行しようよ。さっき白狐が言ってたけど、長崎らしいよ」

ニヤニヤしながら有生に言われ、面食らって立ち止まった。有生の離れ家が現れて、緋袴の女性が提灯の火を消す。玄関前の明かりで足元は十分見える。

「長崎？」

戸惑って慶次が聞き返すと、有生が引き戸を開ける。有生は子狸に聞けと呟く。

「子狸？　長崎って何？」

『ううーん。おいらの力じゃまだはっきりした行き先は……でも海沿いの狐さんがヘルプしてますですぅ』

子狸はうんうん唸って答えをひねり出す。まだ直純から詳細を聞いていないのに、白狐にはすべてお見通しらしい。子狸にはまだそこまでの力はないみたいで、悔しそうに小石を蹴っている。

「俺も関われるのかな？」

有生の家の玄関に足を踏み入れながら、慶次は期待して聞いた。半人前の自覚はあるが、眷属を助ける件に自分も関われるなら、いい勉強になるはずだ。しかも長崎——行ったことがない場所だ。わくわくして慶次がその場で跳ねると、有生がおかしそうに笑い出す。

「もう関わってんじゃん。これが嬉しいなんて、ホント慶ちゃんって変わってるね。正直、キモい以外の何物でもないけど、そういうとこ嫌いじゃない」

有生にうなじを引き寄せられ、音を立ててキスされる。前はキモいで終わっていたのに、どうやら恋仲になって有生の気持ちにも変化があったようだ。

「フッーに好きって言えよな」

むくれて口を尖らせると、有生が笑って耳朶《みみたぶ》に嚙みつく。

「好き。大好き。……慶ちゃん、これでいい？」

耳朶に唇を重ねながら言われ、慶次は有生に抱きついて「もっと言え」とねだった。

■3　長崎ロマンス

井伊直純との話し合いが進み、妖魔化している眷属を救出することになった。合計八カ所の神社や寺の名前が挙がり、それぞれに当主の丞一が適した人材を派遣した。そのうちの一つ、長崎にある神崎稲荷大明神《こうざきいなりだいみょうじん》に有生と慶次が行くことになった。仕事ではないが、交通費と宿泊費は出るので、大変助かる。

長崎県はこれまで縁がなく、慶次は一度も行ったことがない。長崎ちゃんぽんが美味しそうとか、教会がたくさんあるのだろうというぼんやりしたイメージしかなく、飛行機や宿の手配は有生に任せてしまった。

十月の最後の日、慶次は長崎空港にいた。十時半に到着した便で、有生とは空港で落ち合う手はずだ。有生の乗る飛行機が着くのは三十分後なので、慶次は展望デッキで飛行機を見ながら時間をつぶした。

『ご主人たまぁ、幸せの鐘ですぅ』

子狸が目ざとく見つけ、鳴らせと肘を突いてくる。『幸せの鐘』といういわゆる紐の部分を振って鐘を鳴らすという観光地にありがちなスポットだ。初めての長崎で浮かれてしまい、幸せの鐘をガラガラ鳴らしていたら、背後から失笑された。鐘を鳴らしたのを笑う不届き者はどいつだと、慶次は振り返った。

「有生かよ！」

そこに立っていたのはジャケットにスラックスというきちんとした格好をした有生だった。シルバーメタルのスーツケースを引いている。

『幸せの鐘を鳴らしたら、有生たまが現れる……。んもー。これぞ恋人たちの奇跡のなせるワザですぅ。さすが有生たまはスパダリの要素を兼ねそなえてますねぇ』

子狸は悦《えつ》に入ったように頬を赤らめて、くねくねしている。明らかに馬鹿にした笑いだったのに、こいつは何を言っているのだろう？

「慶ちゃんって、どこにいても目立つよね」

感心したように有生が言い、慶次はまんざらでもなくて鼻を擦った。仕事の時はスーツ着用だが、今回は仕事ではないので、慶次はシャツにカーディガン、カーキのズボンという格好だ。特に派手な格好ではないのに目立つというなら、やはり隠し切れない大物感があるのかもしれない。

「まぁ、俺ほどになるとオーラがな……」

胸を張って言うと、有生がじろじろと慶次の肩の辺りを見てくる。

「タグが残ってる。おろし立ての服なの？」

カーディガンにタグが残ったまま着ていたらしく、有生がまた噴き出している。慶次は赤くなって慌ててカーディガンを脱いだ。旅行に行くので新品を購入したのがばれてしまった。

「……用事がすんだら、観光しようね。温泉も入りたいしね」

有生が蕩《とろ》けるほど甘い笑みと囁きで慶次の肩を抱き寄せる。長崎は温泉も有名で、慶次も楽しみにしていた。顔を見上げると、有生もすごく機嫌がいい。有生も二人きりの旅行が楽しいのだろう。

「とりあえず、さくっと解決しに行こう」

スーツケースを引きながら有生が歩き出す。慶次も表情を引き締めて頷いた。

空港から長崎駅へ向かうバスに乗り、慶次たちは長崎の町並みを眺めた。今日は駅前のホテルに泊まる予定だったので、長崎駅に着くとまずはスーツケースをホテルに預けた。長崎新地中華街で昼食をとり、落ち着いたところでタクシーを拾って目的地に向かった。

神崎稲荷大明神は、長崎港の港口にかかる女神大橋《めがみおおはし》の袂《たもと》にある稲荷神社だ。その歴史は古く、神功《じんぐう》皇后が成り立ちに関わったという説もある。金運のパワースポットと呼ばれているらしいが、慶次たちが乗ったタクシーの運転手は神崎稲荷大明神を知らなかった。

「俺も二十年この仕事やってるけど、そんな神社聞いたことないねぇー」

タクシー運転手は困惑した様子で言っている。よく見たらこの車、ナビがついていない。運転手曰く、機械が苦手だそうで、番地を聞けば大体どの辺りか分かるからつけないそうだ。有生はそれが気に食わないらしく「いるよね。こういうアナログ至上主義」とぶつぶつ文句を言っている。

「とりあえずここまでしか車は入れないみたいだけど」

着いた場所は女神大橋の太い柱の近くだった。料金を払ってタクシーを降りると、慶次は有生と周囲を見回した。右手には標高はそれほど高くないが山があり、左手には長崎湾が広がっている。少し歩くとフェンスがあり、関係者以外立ち入り禁止と書かれている。

「あ、参拝者用通用口って書いてある」

フェンスの端っこに書いてあった小さな文字を見つけ、慶次はフェンス横の鍵のかかっていない扉を潜《くぐ》った。雑草が生い茂る道を進み、山を登る階段がないかと見回す。

「慶ちゃん、お迎えが来た」

有生に腕を引かれ、慶次は海側に身体を向けた。するとそこにほっそりした身体つきの白い狐がちょこんと鎮座《ちんざ》していた。

『遠路はるばる、ようこそ来てくれました。おいでをお待ちしておりました』

狐が目を細めて頭を下げる。子狸がぴょんと飛び出てきて、狐に向かって三つ指をつく。

『お初にお目にかかりますぅ』

子狸と狐が挨拶を交わす中、慶次は有生を振り返った。有生はじっと狐を見ている。

「ああ、白狐が先に知らせを送ったみたい」

慶次の視線に気づいて、有生が説明してくれる。ということは目の前にいる白い狐は、神崎稲荷大明神の眷属の狐なのだろう。

『こちらへどうぞ』

狐は優雅な足取りで先導する。慶次たちはその後ろをついていった。一体どこに道があるのだろう？　まさかこの斜面を登れとは言わないだろうな。

「え？」

鉄でできたフェンスが再び現れ、狐がそれを軽々と飛び越える。慶次は固まって、早く来いと言わんばかりの狐を見つめた。フェンスは背丈以上の高さがあり、この先は海なので、入ってはいけないと立てられているものだ。これを越えたら明らかに不法侵入だろう。

「まさか、これをよじ登れと？」

慶次は不安になって有生を窺った。有生は躊躇することなく、フェンスに手足をかけて、よじ登っている。

『申し訳ありませんが、正式なルートで来ていただきたいので』

狐は戸惑う慶次を急《せ》かしている。正式なルートとは絶対こんな行き方ではないはずだと思いつつ、慶次は置いていかれたくない一心でフェンスをよじ登った。人が見たら間違いなく不審者だと思うだろう。

『ささ、こちらです』

フェンスをよじ登った先は海しかなく、狐はぴょんと女神大橋の巨大な支柱の台座に飛び乗っている。慶次はおろおろした。有生は何も考えていないのか、狐の後を追って支柱の台座に飛び乗った。狐は女神大橋の巨大な支柱をぐるりと回っていった。有生が行ってしまうので、慶次もおっかなびっくり飛び移り、支柱に張りついて反対側へ回った。足下は海だ。足を滑らせたら、海に落ちる。

『ふー。アドベンチャーですね、ご主人たま！』

子狸はこの状況を楽しんでいるのか、嬉しそうだ。支柱の反対側にまたフェンスがあって、それをよじ登る。

ようやく地面を踏むことができて、慶次はほっとして前方を見つめた。目の前の山のふもとに鳥居《とりい》が現れた。要するに、この神社は、海から船を使って参拝するのだ。狐が言っていた正式なルートとは、船で上陸するルートなのだろう。山頂を見上げると、確かに赤い鳥居や稲荷の石像がある。

「なるほど、これはすごいな」

有生が呟きながら足を進める。山のふもとには錆《さ》びてぼろぼろになった鳥居があった。潮風に晒されているせいだろう。一礼して慶次たちは鳥居を潜り、急な勾配の山道を登り始めた。狐は軽やかに走って、時おり慶次たちがちゃんとついてきているか確認するように立ち止まる。最初こそ石段があったが、少しすると階段というよりは段になった地面という様相を呈《てい》してきた。人が通ることはあまりないのか、踏み均《なら》された跡は少なく、濡れた落ち葉だらけで、うっかりすると足を滑らせそうだ。山の標高はそれほど高くないものの、足元が平らじゃないので進みづらかった。慶次は日頃から鍛《きた》えているので平気だが、有生は運動しているところを見たことがないのに、さくさくと山登りしている。

「お、着いたぞ」

山の頂上に着くと、慶次は目を輝かせた。狐の社《やしろ》がたくさんあって、神気に包まれた場所だった。社殿も楼閣《ろうかく》もないし大きい神社でもないが、すごく浄化されている。

『ここは海の前だから、浄化力がハンパないのですぅ。ふー。おいらの汚れた心も、綺麗になっていきますぅ』

子狸は尻尾についた黒ずみをごしごし擦っている。海が癒やしや浄化力に優れているというのは本当らしい。

「白狐」

有生が呟いた時、強い神気が放たれ、有生の身体から白狐が出てきた。何度も視てきたが、有生と共にいる白狐は大きな霊力を秘めた眷属だ。神々しい気に包まれ、慶次も子狸も圧倒される。

ふと視ると、いつの間にかこの神社の眷属たちが集まっていた。稲穂や金の宝珠を銜《くわ》えた、たくさんの狐が、あちこちの社から姿を見せている。

「狐たちが会議してるから、俺たちは待ってよう」

有生が白狐から離れ、慶次に向かって顎をしゃくる。声は聞こえないが、狐同士で何やら話し合っているようだ。その間に慶次たちはお参りしようと、岩場の合間の祠《ほこら》に手を合わせた。社務所もない神社だが、水や榊《さかき》は新しく、誰かが世話をしているようだった。それにしても足元の石畳には『乗るな』とか『危険』と書かれたものもあって、なかなかスリルのある場所だ。気軽に観光客が来るようなところではないが、かなりの御利益がありそうだった。何といっても、女神大橋と長崎湾をバックに、金の宝珠を銜えた石狐は絵になる。

「あ、終わったみたい」

ひと通り見て回ると、有生が後ろを振り返って言った。岩場のところに白狐が鎮座していて、慶次は有生と共に近づいた。

「はぁ、なるほど。全部で五体」

有生は白狐と視線を合わせるなり、軽く頷く。白狐の声は聞こえなかったが、有生と何か会話しているらしい。

「子狸は分かるのか？」

慶次には聞こえないが、子狸には白狐の声が聞こえるのだろうかと気になり、小声で尋ねた。

子狸はしゅんとしてうつむく。

『白狐様と直接話すなんて、恐れ多いですぅ。おいらがどんなに聞き耳を立てても、聞こえませんね。白狐様がおいらたちに話すことがあれば、聞こえてくるはずですぅ』

眷属同士でもいろいろあるのか、子狸も白狐と有生の会話は理解できないようだ。有生は真面目な顔つきで白狐と話し合っていたが、「分かった、じゃあそうしよう」と言うなり、手で何かの印を組んだ。

五分ほどして、ふいに激しい地鳴りの音を響かせて、周囲から何かが迫ってきた。びっくりして子狸と抱き合っていると、無数の狐たちがこちらに向かって駆けてくる。これはおそらく白狐の家来の狐たちだろう。我先にと白狐目がけて集まってきて、わらわらとひしめき合うように周囲に整列する。

白狐が宙に浮かび、コーンと一声鳴いて、くるりと円を描いた。

とたんに集まった狐たちは四方に散った。来た時と同じく、すさまじい勢いだ。

「ど、どうなってるんだ？」

子狸と抱き合った状態で聞くと、有生が吐息をこぼす。

「井伊家の奴ら、呪法を使ってここにいる狐の眷属を五体、さらっていった。多分まだそれほど力のない眷属なんだろうね。あいつら眷属を五つの壺にそれぞれ詰め込んで、どこかの邪気の溜まった土の中に埋めている」

有生は説明しつつ嫌悪を示して、顔を歪《ゆが》めた。

『ひぃいいっ、生き埋めっ、生き埋めっ』

子狸は自分がそうされたみたいに、真っ青になって震えている。慶次も腹が立って、肩に力が入った。

「ここは社務所もないから、忍び込みやすくて狙われたんだろう。眷属の力は大きいんだけどね。井伊家の奴らは人の手があまり入っていないとこを狙ってやっていたみたいだ」

有生は静かに深く怒っている。人間にはひどい態度を取る有生だが、神域のものは大事にしている。

「ひでーことするなぁ……。それで、狐さんたちは、眷属が埋められた場所を探しに行ったのか？」

「そう。人海戦術ならぬ狐海戦術ってとこかな？　まぁ、とりあえずあとは連絡待ちだな」

有生はすでに見えなくなった狐たちに手を振っている。

『協力に感謝いたします。仲間を助けるには人の手が必要でした。この恩は必ず……』

ここまで慶次たちを先導してきた狐が、代表としてか慶次たちに頭を下げる。確かにどこかに埋められた壺なんて、人の手がないとどうにもできない。井伊家の人間はどうしてこんなひどい真似をするのだろうと悲しくなった。

「探し当てるまでに時間がかかるので、今日は失礼します」

有生は礼儀正しい態度で狐と話している。慶次も狐に挨拶をして、一旦この場を離れることにした。反対側の道に帰るルートがあるというので、来た道とは逆の方向へ向かった。いくつもの祠が並んでいて、しばらく進むとちゃんと舗装された階段が現れた。高架を潜ると、公道に戻った。駐車場もあるし、きっとこちらが現在使われている行き方なのだろう。スマホで調べてみると、案の定、下からの道は封鎖されていると書いてあった。山を登る必要はなかったようだ。

「なぁ、こんなことして井伊家の奴らは罰が当たらないのかな？」

アプリでタクシーを呼ぶ有生を横目で見つつ、慶次はつい愚痴った。

「慶ちゃん、因果応報《いんがおうほう》っていってね。やったことは全部返ってくるんだよ。罰が当たらないわけないでしょ。井伊家の奴ら、よく死んでるじゃん」

当然の如《ごと》く言い返され、慶次は目が点になった。死んでる、と言ったのだろうか？

「し、死んでるって……？　誰が？」

慶次がおののきながら聞き返すと、ハッとしたように有生がスマホから顔を上げる。

「そういや慶ちゃんとこには井伊家の情報入ってないんだっけ。上層部だけで共有してる情報があるんだよ。毎年何人も井伊家では死人が出てる。ろくな死に方じゃないのばっかりでね。多分、井伊家の力の弱いのが犠牲になってるんだろう。眷属をこんな扱いしてるんだ、自業自得」

「えええ……。だったら何で井伊家の奴ら、こういう行為をやめないんだ？」

「だから力の弱い奴しか犠牲になってないからさ。呪法を行うような力の強いのは、ぴんぴんしてるよ。死んでるのは奥さんとか子どもとか、そういうの。だからか、井伊家の男たちは結婚を四回も五回もしてるんだって」

有生の話を聞いているうちに、一保《いちほ》の記憶が蘇《よみがえ》った。

「あのさ、夏至の日に会った瑞人《みずと》の先輩って男、覚えてる？」

タクシーが来るのを待つ間、慶次はガードレールに軽く腰をかけて切り出した。

「んー……。ああ、警戒が緩かった日に紛れ込んでた井伊家の奴？」

有生が思い出して眉根を寄せる。

「本家から一人で帰ろうとした時に、見かけてさ。そん時はもう本家に入れなくなってたんだけど。妖魔とかいっぱいひっついてたからかなぁ。そんで俺、そいつの過去みたいなの見えちゃって。井戸の中に子どもが何人かいて、時々パンとか落ちてくるの。それを子どもたちが奪い合ってるシーンでさぁ……」

あまりに衝撃的な映像だったので、未だに慶次の中で引っかかっている。有生ならこの意味が分かるだろうかと、情けない顔で見上げた。

「……井伊家の奴らはね、子どものうちから憎悪や狂気を植えつけるために、ひどい真似をするの。それもその一つの手だろ。子ども同士を争わせて、餓死するのも厭わない。まるで蠱毒《こどく》だね。キモー」

慶次の頭をポンポン叩いて有生が低い声で言う。慶次は悲しくなってうつむいた。井伊家に生まれただけで、幼少の頃からそんな虐待を受ける羽目になるのか。そんなつらい子ども時代を送れば、人を信じなくなったり、周囲の人を蹴落とすために手を汚したりする人間になってしまうかもしれない。

「そっかぁ、だからあの一保って子、指摘されて怒り狂ったんだ。でも俺、この前直純さんと会っても何も見えなかったけどなぁ」

慶次は如月にチャクラをこじ開けられてから、今まで視えなかったものが視えるようになった。けれど直純と会った時は何も視えなかった。

「あの眼鏡は慶ちゃんごときに過去を視られるような下っ端じゃないからね」

「今、ごときって言ったか？」

有生の言葉の端に馬鹿にされた感覚を受け、慶次は目を細めた。

「あ、タクシー来たみたい」

不届きな発言を注意しようとしたが、タイミングよくタクシーが来て、慶次たちは車に乗り込んだ。女神大橋を窓から眺めながら、慶次は早くさらわれた眷属を戻せるようにと願った。

連絡待ちということで、慶次たちは長崎旅行を満喫することにした。

翌日には世界文化遺産である軍艦島《ぐんかんじま》上陸ツアーに参加した。軍艦島は長崎港の南西、約十八キロの沖合に位置する端島《はしま》という島だ。小さな島だが、炭鉱がとれたことで最盛期には五千三百人もの人が住んでいたらしい。島にはアパートや学校、病院やマーケット、プールと何でもあって、今や廃墟となった建物が所狭しと並んでいる。天気が悪いと上陸できないと言われていたが、天気に恵まれ、慶次たちは上陸することができた。

「うわー、すげーっ！　かっけーっ」

慶次は壮観な島の廃墟に興奮して、最初は、はしゃぎまくっていた。ところが建物の窓に蠢《うごめ》く影を見つけてしまい、有生の背中にしがみつく羽目になった。

「やっべー、い、いるじゃん……っ」

幽霊をあますことなく見つけてしまう体質になってしまった慶次は、有生の背後でガタガタ震えた。

「そりゃいるでしょ。火事とか起きてるし。別に悪霊じゃないから気にしないの」

有生は怯《おび》える慶次を笑い飛ばしている。幽霊と目が合うとこちらに飛んでくるかもしれないので、慶次は有生の背後に隠れつつ、見て回ることになった。本当は写真も撮りたかったが、心霊写真にならないか心配でやめた。観光を終えると上陸証明書をもらい、旅のいい記念になった。

船で長崎港へ戻る途中、デッキから神崎稲荷大明神を目にした。何となく手を振って、狐たちを応援した。子狸は海面を興味深げに覗き込んでいる。

その夜は稲佐山《いなさやま》で夜景を眺め、次の日には大浦天主堂《おおうらてんしゅどう》やグラバー園という定番ルートで観光した。有生と一緒だと話は尽きず、何をしていても楽しかった。

「ねぇ、あそこに超イケメンがいる」

「ホントだ。まじやばレベル。モデルとかじゃね？　何か鳥肌立つし」

土産売り場を見ていた時に、若い女の子たちが騒いでいるのが聞こえてきた。彼女たちはビードロを手に取っている有生を見て興奮している。客観的に見て、やはり有生は美形だと慶次も心の中で同意した。それに——気のせいか、いつもより負のオーラを感じない。有生は負のオーラというのを発していて、傍にいる人を怯えさせる。慶次の家族も有生と会うたび、恐怖で縮こまってしまうくらいなのだ。けれど最近、有生の醸し出す負のオーラが以前より弱まっている気がしてならなかった。

「お待たせ」

買った土産を袋に入れながら有生の傍に行くと、振り返った有生がにこっと笑った。

「慶ちゃん、これ綺麗」

有生の微笑みを見た若い女の子たちが、きゃあきゃあと騒いでいる。ただでさえ美形なのに、そんな蕩けそうな笑顔は反則だと慶次は赤くなった。

「あーうん。ガラスものは壊れそうだよなぁ」

慶次が背後をチラチラ気にして言うと、有生はビードロを買う気はないようで、土産物屋の出口に向かう。

「なぁ、何かお前、負のオーラがないけど、操作してんの？」

土産物屋が立ち並ぶ通りを歩きながら、慶次は疑問に思ってこっそり尋ねた。先ほどの女の子だけではない、たまに有生とすれ違う人が振り返って気にするくらい、有生は人目を引いている。

「え？　別に何もしてないけど。まぁオーラとか空気って結局意識の問題だからね」

有生はうーんと首をひねる。

「慶ちゃんのことしか考えてないから、怖い空気が出ないんじゃない？」

顔を近づけて囁かれ、慶次は頬が熱くなって口をもごもごさせてしまった。そんな甘ったるい顔と声で近づかれたら、こちらはたまったものではない。負のオーラというのは要するに、有生が他人を拒絶していることの表れなのかもしれない。自分の存在が有生をいい方向へ変えていけるなら、これ以上ない喜びだ。

『かーっ!!　甘い！　甘すぎますぅ!!　砂吐くレベルですぅ!!』

二人の間のハートが可視化したらしく、子狸は悶絶《もんぜつ》している。

『さすがのおいらも、ゲロ甘すぎて輪郭《りんかく》が溶けそうであります！　くぅーっ、おいらの尻尾がハート型に！』

子狸の尻尾が折れ曲がってハートの形になり、有生は慶次の肩に腕を回して大ウケしている。

有生は人目をまったく気にしないので、よく慶次の肩を抱く。身長差があって、ちょうど腕を回しやすいのかもしれない。

美味しいと評判のちゃんぽんの店で夕食をとり、慶次たちは雲仙《うんぜん》に移動して今日の宿に着いた。和モダンな客室で、居間と寝室が分かれていて、テラスにはこの部屋専用の露天風呂がついている。夕食は海の幸てんこ盛りで美味しく、全部食べ切れなかった。

「あー帰りたくない。飯は美味《うま》いし、部屋は綺麗だし」

テラスの露天風呂に入りながら、慶次は心の底から呟いた。湯は白濁していて、すごく肌によさそうだ。秋も深まった頃で、夜風に当たりながら浸かる温泉は最高だ。

「いいね。じゃ、ずっと旅行してようよ」

隣にいた有生が湯をすくって顔にかけ、にっこりと笑う。ふつうは冗談と聞き流す台詞《せりふ》だが、有生の場合、本気度が高いので返事はしないでおいた。有生は延々と旅行できる富裕層だが、慶次はたまの楽しみに旅行する一般人だ。

「慶ちゃん」

有生が湯を揺らして近づいてきて、慶次の頬を指で撫でる。濡れた指が気持ちよくて猫みたいに有生の手に頬を擦りつけると、ふっと吐息をこぼして抱き寄せられた。

「甘えてくる慶ちゃん、すっごく可愛い」

頬やこめかみに有生のキスが降ってくる。慶次は無意識のうちに有生の肩に腕を回し、自ら唇を近づけた。有生の形のいい唇が重なってきて、食《は》まれる。

「ん……、んん」

キスを始めると、気持ちよさに何度も何度も求めてしまう。有生と恋人関係になって初めて知ったが、慶次はキスが好きだ。唇がふやけるくらいしていたいと思うし、有生の柔らかい唇と触れ合っていると心が満たされる。恋人になる前はそれほどキスに対する思い入れはなかったのに、不思議なものだ。互いの心が通じ合っていると思うと、唇という特別な場所が敏感になるのかもしれない。

「は……、ふぅ……」

有生のキスがどんどん深くなっていって、舌で口内を探られる。慶次が好きなのはバードキスまでなので、その先の舌を絡めるディープキスになると、ちょっと尻込みしてしまう。有生の舌で歯の根や上顎を舐められると、背筋にぞくぞくしたものが走るからだ。

「はぁ……、ん……っ」

有生のキスに熱がこもってきて、口内を蹂躙《じゅうりん》されながら乳首を指先で弄《いじ》られる。動くたびに湯が揺れて、慶次はぼうっとしてきた。両方の乳首をぐりぐりと指先で摘まれ、引っ張られる。すっかり開発されてしまったせいか、乳首の刺激だけで、あっという間に勃起して、慶次は、はぁはぁと息を喘がせた。有生の唇を手でふさいで、慶次はくたっと力を抜いた。

「ゆ、有生……、のぼせちゃう」

客室用の露天風呂に入る前に、宿の大浴場にも入ってきたのだ。こんな場所でいやらしいことをするのは危険を伴う。

「えー。せっかく露天風呂つきなんだよ？　ここでエッチしようよ」

口をふさぐ慶次の手をべろりと舐めて、有生が囁く。乳首を潰すようにして弄られ、慶次はびくっと腰を震わせた。身体は急速に熱が上がり、頭がぼうっとしてきた。このままでは有生に流されてしまう。露天風呂はテラスにあるので、大きな声を上げたら周囲に漏れる。

「駄目だろ、声、我慢できないし……。なぁ、部屋行こ……」

甘えるように有生の首にしがみつくと、腰に手が回ってきた。

「慶ちゃんが我慢すればいいんじゃない？　のぼせるなら、立って」

湯からすくい上げられ、風呂のへりに後ろ向きに手をつく格好をさせられた。太ももの辺りまでお湯に浸かっている状態で、有生がおもむろに尻の中に指を入れてくる。

「うう……っ」

有生の長い指が内部を探り、指の腹でふっくらした部分を擦られる。慶次は尻を揺らして、呼吸を繰り返した。

「昨日もしたから、柔らかいね。まだ濡れてるし」

慶次の内部を指で擦りながら、有生が囁く。長崎に来てから有生に求められるままに身体を開いてきたので、そこは難《なん》なく有生の指を受け入れる。

「ほ……ホントにここで……するの？」

有生の指で受け入れる状態にされていき、慶次は紅潮した頬で聞いた。指で奥を探られ、慶次の性器の先端からは蜜が垂れている。テラスでセックスをするのに抵抗があって、慶次はどうにか逃げられないかと頭を巡らせた。

「うん、俺もう勃ってる。不安そうな顔の慶ちゃん、そそる」

内部を指で広げつつ、有生が背後から覆い被さってくる。耳に舌を差し込まれ、わざと音を立てて舐められた。空いたほうの手が乳首に回ってきて、尻の穴と乳首を同時に攻められる。両方いっぺんにされると、甘い声が我慢できない。

「ひ……っ、う、あ……っ、あ……っ」

尻に入れた指を増やされ、慶次は床に手をついた状態で必死に声を殺した。虫の声や木々の葉が揺れる音、鳥の声しか聞こえてこない。慶次が嬌声《きょうせい》を上げたら、きっと隣の部屋には届いてしまう。

「慶ちゃんの耳が出てきた。理性、弛くなってきたかな」

有生が煽《あお》るように笑う。討魔師になってから、セックスの際に感極まると耳が出るようになった。そう言う有生も同じように獣っぽい耳が出てる。

「やぁ……っ、俺はいいから……っ、も、入れて」

これ以上愛撫されると、あられもない声を上げそうで、慶次は涙声で頼んだ。するとそれに愉悦を感じたのか、有生が耳朶のふっくらした部分を甘噛みしてくる。

「駄目。もっと慶ちゃんをとろとろにしてから入れる。慶ちゃんの身体が痙攣《けんれん》するようになったら、突いてあげる」

耳元でねっとりとした声で囁かれ、慶次は背筋を震わせた。想像してしまい、甘い電流が身体を走っていく。思わず大きな声が出そうになって、慶次は片方の手で口を押さえた。

「ゆ、ゆう、せぇ……、やだ……っ」

感じる場所を指で執拗《しつよう》に弄られ、慶次は太ももを震わせた。早く有生に入れてもらって、この場での行為を終わらせたかったのに、有生は慶次への愛撫を止めてくれない。

「やだじゃないでしょ。こんなびしょびしょにして」

乳首を弄っていた有生の手が、性器に絡まる。慶次の性器は反り返っていて、しとどに濡れている。軽く擦られるだけで達しそうになり、身体がひくついた。息は激しく乱れ、熱で頭がくらくらする。

「おっと。イくなら、中でイってね。中イキ得意でしょ？」

性器から有生の手が離れ、再び乳首を刺激される。乳首はツンと尖って、有生の指で弾かれるたびに腰がひくんと動く。

「ほら、びくびくしてきた」

奥に入れた指でぐりぐりと前立腺を擦られ、慶次は無意識のうちに腰を跳ね上げた。感度が高まってきて、刺激されると勝手に身体がびくついてしまう。

「や……っ、やぁ……っ、声、出ちゃう……っ、有生……っ」

身体中撫で回されて、頭の芯が蕩けていく。絶頂が近いのが分かり、身体がびくびくと痙攣していく。

「俺の指、締めつけてる……。可愛いね、慶ちゃん。そろそろ入れてあげる」

慶次がひーひーと息を喘がせると、有生の指がやっと尻の穴から抜かれた。すぐに有生の性器の先端が押しつけられ、腰を引き寄せられた。

「んんんー……っ、んぐぅっ!!」

強引に先端が押し込められ、慶次は腹の中が熱くなって仰け反った。有生の硬くて大きくて長いモノがずぷずぷと奥まで一気に入ってくる。その衝撃で慶次は射精してしまい、腰を跳ね上げた。白濁した液体が湯の中へ沈んでいく。

「あー、……っ、イっちゃったの？」

息を乱して有生が慶次の腰を撫でる。慶次は腰をひくつかせて、へりに肘をついた。身体の奥を埋め尽くす有生の熱に、息が整わない。苦しくて、気持ちよくて、涙が滲《にじ》み出る。慶次がぐったりして力を抜くと、有生の手が腰に回ってきて支えられる。

「慶ちゃん、動くよ。声、我慢してね」

興奮した声音で有生が言い、慶次が待ってと言う間もなく腰を動かしてきた。

「……っ、……っ、ひ、ぃ……っ」

達した直後で息が乱れたまま、慶次は床に上半身を預けた。身体に力が入らない。尻を高く突き上げる形になり、慶次は喘ぎを漏らした。有生がカリで奥の感じる場所を突くたび、甘い声が出てしまう。懸命に口を押さえているが、湯が揺れる音がして恥ずかしい。

「あーすげぇ気持ちいー……っ、青姦っぽくて興奮する……」

有生は腰を突き上げながら、不穏な発言をする。テラスでやっているという興奮があるせいか、有生は焦《じ》らすことなく、最初から激しく穿《うが》ってきた。肉を打つ音が周囲に響き渡り、慶次は羞恥のあまり耳まで真っ赤になった。音が聞こえたら、きっと何をしているかばれてしまう。恥ずかしいと思えば思うほど、感度が高まって内部が収縮するのが分かる。

「ん……っ、う、うう……っ、う、あ、あ……っ」

先ほど達したばかりなのに、有生の性器で中をぐちゃぐちゃにされると、また性器が反り返っていく。体勢を保つのが困難で、今にもへたり込みそうだ。

「うー……っ、やばい、もたない」

有生が苦しそうに喘いで、激しく腰を揺さぶってくる。もう限界と思ったのか、有生がいきなり性器を引き抜いて、慶次の背中目がけて軽く扱《しご》き上げた。とたんに精液が飛び出し、慶次の背中にかけられる。

「はぁ……っ、はぁ……っ、あー、慶ちゃんの中に出したかった」

獣じみた息遣いで有生が呟く。昨日、一昨日と慶次の中に精液をさんざん注がれて、とりきれなかった精液で慶次の下着が汚れるという出来事があったので、なるべく外に出してくれと慶次が頼んだのだ。本当なら避妊具をつけてやってもらえばいいのだが、避妊具をつけると異様に有生が長持ちするので、慶次が困るのだ。

「はぁ……っ、はぁ……っ」

慶次はぐったりして、ずるずると湯船に沈んでいった。膝から下がガクガクして、力が抜ける。そんな慶次を有生が湯船から引きずり上げ、綺麗な湯で全身を洗い流した。

「布団で続きしよ」

有生にバスローブを着せられ、肩に担《かつ》ぎ上げられた状態で室内へ戻った。有生は濡れた全裸のまま、寝室まで慶次を運ぶ。寝室にはすでに二組の布団が敷いてあって、有生は足で器用に掛け布団をまくり上げて慶次をそこに下ろした。

慶次は全身がほんのり色づいた状態で有生を見上げた。有生はペットボトルの水を口に含み、口移しで慶次の口に注ぎ込む。

「ううう……熱い。もっと」

風呂場で熱の上がる行為をしたせいか、発汗して頭がくらくらした。冷たい水を求めるように手を差し出すと、有生がまた同じようにして水を飲ませる。濡れた口元を拭《ぬぐ》われ、有生が覆い被さってくる。その瞳が熱っぽく慶次を見つめていて、胸がどきりとした。

「ちょっと痕、つけすぎたかも」

慶次の首筋に舌を這わせ、有生が笑う。昨日、一昨日と首筋や鎖骨、二の腕にキスマークをたくさん残したことを言っているのだろう。

「ホントだよ、服で隠れる場所にしてくれよな……」

大きな手で身体中をまさぐられ、慶次はかすれた声で抗議した。おかげでVネックのニットが着られなくなったのだ。さすがの慶次もキスマークをつけたまま有生と旅行する勇気はない。

「ん。今日は見えない場所に残す」

有生は機嫌よく言って、腹の辺りに舌を滑らせる。へその中に舌を入れられて、むず痒くて身を縮める。有生の手が腹部を撫で回し、両足を広げられる。おもむろに太ももに唇を寄せ、有生がきつく吸い上げた。痛いくらいに吸われて、鬱血《うっけつ》した痕が残っていく。

「んん、ん……っ、ふう、はぁ」

何度もしつこく太ももを吸われ、慶次は甘ったるい息を吐き出した。有生の髪が太ももや性器に触れて、もぞもぞする。慶次の性器はまだ硬いままで、身体全体も濡れている。

「はぁ……、はぁ……、もーいいって……」

飽きずにつけ根付近をきつく吸われ、舐められ、揉まれ、慶次は息を乱して腰をひくつかせた。有生は同じ場所を何度も愛撫するから、最初は感じなかった場所も、徐々に性感帯になっていく。

「うう……、お前、舐めるの抵抗ないよな……」

有生はふくらはぎを甘く噛み、慶次の足まで口に含む。有生の舌が足の指の股を這うと、何ともいえないぞくぞくっとした寒気に襲われる。有生に文字通り全身を舐められて、腹の奥に熱が溜まっていく。

「慶ちゃんの肌、すべすべしてるからぜんぜん平気」

再び太ももに舌を這わせ、有生が尻の穴に指を潜らせる。内部を指で探られ、慶次は「んんっ」と甘い声を上げた。音を立てて有生は太ももを吸っている。同時に尻の奥も指で突かれ、どちらで感じているか分からなくなる。

「ふ……っ、は……っ、はぁ……っ」

慶次が身をくねらせて喘ぐと、有生がやっと太ももから顔を離した。

「ねぇ、慶ちゃん。結腸攻めしていい？」

思いついたように有生が顔を上げ、聞いてくる。意味は分からないが嫌な予感しかしなかったので、「嫌だ」と即答した。すると有生は布団の傍に置いてあったバッグを何やらごそごそあさっている。

「うん、じゃあ入れるね」

慶次は嫌だと言ったはずなのに、有生は上半身を起こして慶次の腰の下に枕を差し込んだ。よく見ると、いつの間にか避妊具を持っている。

「わっ、な、何するんだよ？　俺、今嫌だって言ったよな？　意味分からんけど、絶対やばいやつだろ？」

強引に尻の穴を有生に向ける体位にされ、慶次は怯えて暴れた。その両足を難なく押さえつけられ、有生が避妊具をつけた性器の先端を入れてきた。ずぶずぶと有生の硬い性器が入ってくると、息が乱れ、抵抗する力が抜けていく。

「ま、待って、待って、先に説明しろ！　何も言われずにヤられるの怖いから！」

両足を胸に押しつけられ、慶次は怖くなって叫んだ。

「ほら、いつもここまで入れてるだろ？　ここで押し返されちゃう」

有生は軽く腰を動かして、一気に奥まで入れてきた。深い奥までみっちりと性器で埋め尽くされ、はぁはぁと息が荒くなる。

「ここにヒューストン弁ってのがあって、その先にS状結腸ってのがあるんだけど、そこまで入れてみたい」

繋がったまま覆い被さり、有生が熱を孕《はら》んだ瞳で言う。ただでさえ奥まで入って大変なのに、さらに奥をこじ開けるというのか。

「お前ってエッチに関しては、すごい変な知識持ってるよな……。俺はフツーにやるのでいいのに。んっ、あ、ちょ……っ」

慶次がドン引きして顔を顰めると、有生が腰を律動する。揺さぶられて自然に甘い声が漏れる。

「あっ、ぁう、あ……っ、あっ」

屈《かが》み込んできた有生に乳首を舐められ、慶次は、はぁはぁと荒い息を吐いた。

「いきなりはしない。今日は長く入れていたいから、身体が開いてきたらね。俺の長いし、届くと思うんだけど」

慶次の乳首を舌で弾き、有生が囁く。

「だからゴムつけたのか……？　うっ、は……っ、ああ……っ」

避妊具をつけてほしくなかったので、慶次は詰《なじ》る口調になった。すると有生の腕が背中に回って、身体を持ち上げられる。座位で有生に抱きつく格好になり、慶次は有生の肩に顔を埋めた。

「さすがに三日連続で中出ししたら、慶ちゃんのお腹、壊れるでしょ。すごい丈夫だけど。あの腐りかけの味噌汁飲んでるくらいだし」

からかうように言われ、慶次はムッとして有生の耳を引っ張った。有生が笑ってキスをしてくる。慶次もそれに応《こた》え、汗ばんだ身体をくっつけて唇を重ねた。

長く入れていたいと言った通り、有生はしばらくキスと愛撫を楽しむだけだった。接合部を指で撫でられ、乳首やわき腹を弄られ、慶次がもどかしくなって腰を揺らしても、有生はイこうとしない。三十分以上、入れたまま愛撫だけされて、慶次は耐えられなくなった。

「なぁ……、もう突いて……っ。奥が疼《うず》いてつらい……っ」

慶次が涙目でねだると、有生が愛しげに頬を撫でてくる。

「はぁ、慶ちゃんのそういう顔、ぞくぞくする。いいよ、奥もいい感じに弛んできたし」

そう言うなり、有生の手が両脇に差し込まれ、ぐっと腰を持ち上げられる。ずるりと有生の性器が抜けていきそうになり、慶次は身を竦めて喘いだ。有生の大きいモノが抜けていく時の刺激が強くて、あやうく射精するところだった。

「奥、こじ開けるよ」

両足を大きく広げられ、有生が身体を起こして突いてくる。一気に奥まで届いた性器が、押し返す場所を強引に広げていく。ぐぽっ、ぐぽっ、と激しい音を立てて性器がさらに奥へねじ込まれ、慶次はびっくりして足を震わせた。

「う、あ、あ……っ、ま、待って、やだ、そこ」

ありえないほど奥まで性器が入ってきて、慶次は上擦《うわず》った声で悲鳴を上げた。それ以上入らないと思った先に、性器の先端が入ってくる。

「ひ、あああ……っ!!」

強すぎる快感が全身を駆け抜け、慶次は嬌声を上げた。有生が息を乱して、尻の穴を広げて性器を押し込んでくる。これまで入ったことのない深い場所まで、熱くて硬いモノが入ってきたのが、分かった。

「今、結腸に届いた、ね……。すごい締めつけ」

苦しそうな声で有生が深い奥をずぼずぼと性器で突いてくる。慶次は激しく身体を跳ね上げ、ぼろっと涙をこぼした。突かれるたびに絶頂したかのような快感に襲われ、呼吸すらまともにできない。それなのに何故か精液は出なくて、全身が痙攣する。

「あー……っ、あー……っ、やー……っ、やだ、やだぁ」

泣きながら身悶《みもだ》えて、慶次は有生を押し返そうとした。怖いくらいの快感に、震えが止まらない。

「うわ、すごい。連続でイってんの？　ここ突くたび、びっくんびっくんしてる」

有生が興奮した顔つきで、慶次を押さえ込んで性器を押し込む。

「ひあ、あああ……っ、やだ、怖い、怖い、あー……っ、あー……っ」

過ぎた快感に前後不覚になり、慶次は四肢を引き攣らせた。銜え込んだ奥がずっと痙攣している。有生の性器を締めつけ、奥まで入ってくるたび、絶頂している。叫ぶ声が嗄《か》れて、苦しくて息ができない。何度も、何度も強制的にイかされて、甲高い声を上げないととても意識を保っていられない。

「やぁあああ!!　やー……っ、やー……っ、死ぬ、死んじゃう」

全身が引き攣れて、痙攣が止まらない。有生の性器が最奥《さいおう》を突き上げるたび、頭が真っ白になって身体が跳ね上がった。

「慶ちゃん!?」

何度も無理やりイカされた挙げ句、慶次はかくりと力を失い、意識を失った。有生の声を遠くに聞きながら、シーツに四肢を投げ出した。

何かの拍子にふっと目を覚ますと、部屋の中は薄暗かった。

慶次はぼーっとした頭で視線を動かし、背後にくっついている有生に気づいた。有生は慶次を背後から抱きしめた状態で寝ている。二人とも全裸だ。今、何時だろうと確かめたくて、慶次は腫《は》れぼったい目を擦った。

（あー、俺、失神したのか……）

だるい身体を起こそうとして、慶次は「んっ」と甘く呻いた。尻に違和感を覚え、愕然《がくぜん》として身じろぐ。

（は、入ってるじゃねーかよ！）

信じられないことに、有生の性器が中に入ったままだ。こんな状態で寝ていた自分に呆《あき》れ、慶次は真っ赤になった。

「クソ……有生の馬鹿、エッチ、スケベ、変態」

すやすやと寝ている有生を肩越しに詰り、慶次はずりずりと尻から性器を引き抜こうとした。だが、思ったより深くはまっていて、簡単に抜けない。それに動かすと、甘い声が漏れてしまいそうだ。

「はぁ、ふう、はぁ……」

腰を揺らすようにして抜こうとしたが、何故か有生の性器が大きくなってきて、余計に駄目だった。しかも寝ているはずなのに、腰に回った有生の手にがっちりとホールドされている。

「ん……っ、んんぅ……っ」

力を入れて一気に抜こうと有生の腰を後ろ手で押した。ずるりと性器が引き抜かれて安堵したのも束の間、いきなり奥まで突き上げられた。

「んああ……っ!!」

思わず嬌声を上げると、有生のあくびが聞こえてくる。

「慶ちゃん、変な起こし方しないでよ……」

「それは俺の台詞だ!!」

真っ赤になって抗議すると、有生が腰を律動してくる。側位の状態で、有生が片方の足を持ち上げる。さらに深い奥まで突き上げられ、慶次はびくびくして喘いだ。

「慶ちゃん、ずっとメスイキだったよね。失神しちゃって、びびった。おもちゃなしで、ここまで慶ちゃんの身体、開発した俺、すごくね？」

慶次のうなじを舐めながら、有生が言う。否応なしに奥を突かれ、慶次は抵抗できずに甘い声を上げた。

「だ、誰が……っ、もう、お前のせいで……っ、あっあっあっ、やぁ……っ」

耳朶をしゃぶられ、慶次は悶えて腰をくねらせた。有生の手が乳首を引っ張り、甘い電流が何度も背筋を走る。有生の硬い性器で奥を突かれるのは、本当に気持ちいい。気持ちよすぎて喘ぐことしかできなくなり、有生に揺さぶられるままだ。

「あ、あ、あ……っ、も、イっちゃう……っ」

感じる場所を重点的に突き上げられ、慶次は急いでタオルを探した。手近なところにはバスローブしかなくて、仕方なく自分の性器にバスローブを押し当てる。

「あああ……っ!!」

強く突き上げられた瞬間、慶次は襲いかかる快楽の波に耐え切れず、精液を吐き出した。同時に銜え込んだ有生をきつく締め上げる。

「うう、っく……、はー……っ」

有生の身体が強張り、慶次の身体の奥で射精したのが伝わってくる。どうやら避妊具をつけた状態で繋がっていたようで、有生がずるりと性器を引き抜いても、中は汚れていなかった。

「あー気持ちよかった……。慶ちゃん、大丈夫?」

有生は濡れた避妊具を縛り上げ、ゴミ箱に放り投げると、ぐったりと横たわる慶次を心配そうに覗き込んできた。

「い、今何時……?」

はぁはぁしながら聞くと、「朝の六時」と返ってくる。

「結腸攻め、すごかったね。慶ちゃんが乱れまくって、ちょっと俺もおかしくなりそうだった。

でもあればっかりやってると、そのうち俺、もっとやばいことしそうだから、時々にしておこうね」

真面目な顔つきで有生に言われ、慶次は絶句して乾いた笑いを漏らした。あれ以上すごいことをするつもりなのかと、頭にチョップを食らわしたい。

「お前さぁ、最近俺が拒否しないから、やりたい放題だけど、昨日みたいなのマジで俺ヤだからな」

だるい身体を起こして、慶次は恨みがましい目つきで言った。

「だって慶ちゃんがエロすぎるんだもの。素質があったんだねー。最初から感度、よかったしね」

嬉しそうに有生が言うので、慶次は目を吊り上げて頰をつねった。頰を引っ張られても有生は嬉しそうにしている。

「そんな慶ちゃんが、俺しか知らないとか、すげぇ萌える」

布団に寝転がった有生が、目を細めてじっとこちらを見つめてくる。有生しか知らないというのは、要するに性行為をした相手が有生だけという意味だろう。色っぽい目つきで見られ、慶次はドキドキして有生の顔を押しやり、浴室へ逃げ込んだ。思い切り水流を上げ、べたべたした身体をシャワーで洗い落とす。鏡には情事の痕をたくさん残した身体が映っている。恥ずかしくて眩暈《めまい》がしそうだ。急いで洗って、浴衣を着て寝室に戻ると、有生がスマホを見ていた。

「あー、ウサギちゃんから連絡来てた」

何げない口調で有生が呟き、慶次はどきりとして立ち止まった。

「嬰子とはどうなんだ……？　上手くいってるのか？」

嫌味に聞こえないようにと気をつけながら、慶次は尋ねた。汚れたバスローブとタオルを拾っていく。

「そうだね。ウサギちゃんは別に一緒にいても気にならないかな」

スマホに返信しつつ、有生がさらりと答える。慶次はチクリと胸が痛んで固まった。有生が気にならないと言うなんて、珍しい。いや——自分以外で初めて聞いたかもしれない。

「嬰子と相棒になったりして……」

わざと明るい声で慶次が言うと、有生は「そうかもね」と答える。慶次は動揺したのを気づかれまいと、汚れたバスローブとタオルを浴室に運んだ。

（嬰子と組むのか……。嫌だなぁ……）

大きな洗面台の前でずーんと落ち込み、慶次はしゃがみ込んだ。浮気を疑っているわけではないし、嬰子はいい子なのに、一緒にいる二人を想像すると胸にどろどろしたものが広がる。

（俺は何て心の狭い男なんだ。滝に打たれたい、この邪念を振り払いたい）

自分の頭をぽかぽか殴り、慶次はため息をこぼした。ずっと幸せだった心が、たったこれだけのことで萎《しぼ》んでいった。

（俺の位置だったのになぁ……）

以前は当たり前だと思っていたポジションを失ったことが、心に重く伸し掛かっていた。そもそも慶次の両親が当主に直訴した結果だ。有生は何も悪くないし、慶次に対して不誠実な真似も一切していない。それなのに、どうして気が晴れないのだろう。

「慶ちゃん、どうかした？」

寝室のほうから有生の声がして、慶次はハッとして立ち上がった。この自分でも理解できない心情を有生に明かす気にはなれない。邪《よこしま》な心を消し去ろうと、慶次は頭を振って寝室へ戻った。

その日、雲仙地獄《うんぜんじごく》を観光している時に、有生が「見つけたみたい」と慶次を止めた。どうやらさらわれた眷属の痕跡を、部下の狐が見つけたようだ。ひと通り観光した後だったので、慶次たちは奪われた眷属を取り戻しに行くことにした。

「あー。ばらばらに埋めると思ったけど、どうやら五体とも東京へ運んだみたい」

空港に向かうタクシーの中、有生が狐たちから集めた情報を元にスマホで地図を呼び出した。

「東京か……。そんじゃ、長崎空港から羽田《はねだ》へ向かうか？」

有生が地図アプリで示した場所は、新宿《しんじゅく》、歌舞伎町《かぶきちょう》の近くだった。

「んー。多分、この辺りに井伊家の所有してる雑居ビルがあったはず。ちょっと父さんに連絡する」

そう言って有生は丞一に電話をかけた。その間に慶次は羽田行きの二人分の飛行機のチケットを手配した。雲仙から空港までは二時間近くかかるが、ちょうどいいタイミングで羽田行きの便がある。

「飛行機のチケット取ったぞ。宿はお前んちでいい？　東京行くなら、ついでに子狸の実家も寄っていいかな？」

電話を終えた有生に言うと、二つ返事で了承される。

「やっぱりここに井伊家の所有する雑居ビルがいくつかあるみたい。おそらく一番土地が穢《けが》れてる場所に埋めたと思う」

有生は小声で話す。タクシーの運転手に聞かれたら物騒な話なので、慶次も小声で会話した。

「おどろおどろしい壺に閉じ込められて、穢れた土地に埋められるとどうなんの？」

子細《しさい》を知りたくて慶次は耳打ちした。

「気が弱まって、抵抗できなくなったところで従属の契約でも結ぶんじゃない？」

「こわっ」

さらわれた眷属の末路を想像して、慶次は震え上がった。

「抵抗できないくらいまでに弱るには時間が必要だから、今なら助けられると思う。父さんの話だと、他の面子もそれぞれ場所を特定したみたい。壺を手に入れたら、本家に戻って、すぐに浄化しなきゃね」

有生の話だとベテランたちは、与えられた任務を着々と遂行しているみたいでさすがだ。慶次は今回の件に自分も末端ながら加われてよかったなとひそかに思った。

空港に着いて搭乗手続きをすませると、慶次たちは一路羽田へ飛んだ。

羽田に着いた時にはすでに夜七時になっていて、慶次たちは電車で赤坂《あかさか》にある有生の所有するマンションへ移動した。

「ここに来るの、久しぶりだな」

赤坂にある有生の住居はタワーマンションで、エントランスはホテルのロビーみたいだ。きらびやかなシャンデリアはぶら下がっているし、外壁も大理石の床もおしゃれなエレベーターも、何もかも慶次には不慣れな世界だ。

「前に来たのって……ああ」

スーツケースを引きずりながら、有生が何かを思い出したのか身震いする。前回は丞一の妻の由奈《ゆな》から身を隠すためだったのを思い出したのだろう。由奈は霊に取り憑かれて有生に執着していたが、今はすっかりいい奥さんとして本家に居座っている。子どもも可愛い女の子が生まれ、皆に可愛がられている。有生にとってはかなり歳の離れた妹になるが、特に興味はないらしくほとんど関わっていないらしい。

「腹減ったなー。荷物置いたら、飯、食いに行こうぜ」

守衛の前を通って、エレベーターで二十三階に上がると、慶次は疲れて言った。昨夜の性行為のせいか、全身が重い。移動で疲れたし、夕食を食べたら風呂に入って寝てしまいたい。

「同感。帰りに買い物しておこうね。冷蔵庫の中、空だから」

有生もあくびをして言う。

「そうだ、慶ちゃん。ここの合鍵あげる」

ドアに鍵を差し込みながら、有生が予備の鍵をくれた。本家の離れはいつも狐が待機していて中に入れてくれるが、このマンションは鍵が必要だ。

「え、ありがと……」

合鍵をもらって照れていると、有生が「俺ももらったしね」と思わせぶりに囁く。そうなのだ。しょっちゅう有生が泊まりに来るので、親以外で初めて他人に鍵を渡した。合鍵を持ち合うなんて、恋人っぽくて胸がときめく。

部屋に入ると、すでに待機して掃除をすませていた緋袴の女性が二人いて、三つ指ついて出迎えてくれた。緋袴の狐に礼を言って、慶次たちは荷物を置いた。明日は早めに起きて行動しなければならない。

『ふー。狐さんは働き者ですぅ。おいら、あそこまで真面目に働けるかどうか……』

子狸はきびきびと動く狐たちに賞賛の眼差しを向けている。

「明日は柳 森《やなぎもり》神社に行こうな」

子狸を成長させてくれた柳森神社の神様にもお礼を言いたい。子狸は実家に戻れるのですごく嬉しそうだ。有生もマンションの近くの豊川稲荷《とよかわいなり》に寄ってから行くと言っている。

無事に眷属を救出できますようにと願いつつ、慶次は明日に思いを馳せた。

■4　眷属救出作戦

有生のベッドで熟睡して目覚めた翌日は、冷たい風の吹く肌寒い日だった。

十一月になり、季節はすっかり秋から冬に向かっている。通りには銀杏《いちょう》の木が立ち並び、景色を黄色く色づけている。東京に来るたびに、どうしてこんなに人がいるのだろうと不思議でならない。平日だというのに赤坂にある豊川稲荷東京別院《とうきょうべついん》には多くの参拝客がいた。祈禱もひっきりなしに続いているし、すごい人気だとしみじみ感じる。ここに祀られている豊川吒枳尼眞天《とよかわだきにしんてん》はクールすぎて、慶次には少し近寄り難く感じられる。

「お待たせ」

有生はここで何かの力を借りたらしく、お参りを終えた時にはきらきら輝く珠を頭上に載せていた。ふつうの人の目には視えないだろうが、慶次には、はっきりと分かる。

「そのきらきらしたの何？」

豊川稲荷を出たところで聞くと、子狸が慶次の頭の上で立ち上がる。

『ふぉー。守護グッズ詰め合わせパックみたいですぅ！　おいらには到底真似できません……』

子狸はもっと近くで見ようとしてか、有生の頭の上の珠を、角度を変えて眺めている。

「さすがにノーガードで行くのは危険だからね。ちょっと手を貸してもらった」

有生はふぉーふぉー言っている子狸がうっとうしいのか、手で追い払うしぐさをしている。地下鉄の入口を見つけると、慶次たちは階段を下りた。赤坂見附《あかさかみつけ》から秋葉原《あきはばら》へ電車で移動する。いつも有生の車で移動していたので、電車を利用するのは久しぶりだ。車内も混んでいて、見たくなかったが幽霊や悪霊を見つけてしまった。以前、和葉にもらったお守りをしっかりと握りしめ、なるべくやばいものを背負っている人には近づかないようにした。

秋葉原駅に着き、柳森神社に向かうと、子狸は仲間の眷属たちに歓迎されて騒いでいる。柳森神社はあまり大きな神社ではないが、親しみやすくて穏やかな気に包まれている。木造の拝殿でいつも子狸には助けられていることと、これから狐の眷属を助けに行くことを心の中で神様に話した。

(それから子狸がお不動様と観音様との縁を結べって言うんですけど、あまりに多くてどこがいいのか分からず……)

むにゃむにゃと思いつくままに柳森神社の神様に話していると、すっと頭に白い手が差し伸べられる。

『目黒不動尊《めぐろふどうそん》と護国寺《ごこくじ》へ行きなさい』

頭の中に声がして、慶次は閉じていた目を開いた。きっとそこがお勧めの寺なのだろう。

「有生、目黒不動尊と護国寺に行けって言われたんだけど、いいか？　後でもいいんだけど」

横で手を合わせていた有生に言うと、「先がいい」ときっぱり言われる。

「やっぱり相当防御していかないとヤバいみたいだ」

有生がシリアスムードで、慶次もドキドキしてきた。おまけの気分で長崎へ行ったが、最後まで見届けるためにも、防御を固めておかなければ。

『ご主人たまぁ！　おいらも死力を尽くすですぅ！』

子狸も燃えていて、全身に力が漲《みなぎ》っている。慶次たちは駅前でタクシーを拾い、目黒《めぐろ》区にある目黒不動尊へ向かった。目黒不動尊は正式名を瀧泉寺《りゅうせんじ》といい、日本三大不動と呼ばれる関東最古の不動霊場だ。

仁王門を潜って進むと、正面に本堂へ続く長い石段が現れる。石段の手前には独鈷《とっこ》の滝という水場があり、慶次と有生は横目でそれを眺めながら階段を上った。

「ここはイベントもよくやってるお寺だよ」

有生は何度か訪れたことがあるらしく、慶次に教えてくれた。靴を脱いで本堂に上がると、慶次たちは中央の祭壇前に足を進めた。参拝客はちらほらとしかいなくて、本堂は静けさに満ちていた。討魔師である慶次たちは、基本的に神社に行くと祝詞を上げ、お寺に行くと般若心経を唱《とな》える。慶次も最近は諳《そら》んじることができるようになった。手を合わせて経を唱えていると、すっと不動明王が姿を現した。

（お不動様、どうぞご縁を下さい）

慶次が前屈みで頼むと、不動明王が慶次の頭上に手をかざした。とたんにびびっと頭に電流みたいなものが走り、慶次はびっくりして頭を押さえた。頭のてっぺんがじんじんする。

『邪気を祓う』

不動明王がそう告げ、次の瞬間には慶次は全身が燃えるように熱くなり、どっと汗を流した。不動明王の炎で焼かれているのか、汗が止まらない。

『ご主人たま、煩悩《ぼんのう》だらけですぅ。ぷくくーっ』

子狸は汗をどばっと流している慶次を見て、笑っている。その態度にムッとしたが、自分がまだ煩悩まみれの人間だという自覚はあるので、手を合わせて業火《ごうか》に耐えた。もうそろそろいいかなというところで横を見ると、有生まで汗びっしょりになっている。

「お前も煩悩まみれかよ……」

汗を拭う有生に言うと、「俺の煩悩は百パーセント慶ちゃん」と呟かれた。

有生と本堂を出る頃には、妙に身体がすっきりしていた。煩悩を焼き払われたおかげだろうか、身も心も軽くなり、護国寺へ向かった。

護国寺は文京区《ぶんきょうく》にある真言宗の寺だ。本尊は如意輪観世音菩薩《にょいりんかんぜおんぼさつ》で、この寺は震災や戦災の被害を免《まぬか》れ、建立当時の形を残している。護国寺駅を出るとすぐ目の前に現れる、都会の中にある大きなお寺で、観音様の穏やかで優しい気と、国を守る力強い気を感じた。

本堂に上がるとたまたまご祈禱の最中で、本尊の扉が開かれていた。慶次は手を合わせ、ここでもご縁をいただいた。

『ご主人たまー。これでお不動様と観音様の縁を結びましたので、パワーアップ間違いなしですう。おいらもこれなら小物程度はちょちょいのちょいですよぉ』

子狸はきりりとした表情で、お腹から長い針を取り出し、見えない敵に向かって針で突いたり切ったりし始める。調子に乗って暴れすぎたのか、撫で仏であるびんずる尊者《そんじゃ》に『静かにせんか』とじろりと睨まれて、子狸はしゅんと小さくなった。

「うん、とりあえず四つも寺社を回ったら、たいていのものははね返せるだろ。そんじゃ、行こっか」

有生は慶次の頭からつま先まで眺め、気楽な調子で言う。

都内にある寺社とはいえ、四つも回ったのですでに時刻は午後三時を過ぎていた。護国寺からは新宿駅まで電車で行くことにした。これから眷属を助けに行くのだと、思わず武者震いしてしまう。相変わらず電車は混んでいたが、すぐに着いたので問題なかった。

「ちょっと待って、慶ちゃん。買い物しなきゃ」

いざ歌舞伎町へと思った矢先、有生が百貨店に慶次を引っ張っていく。アウトドア関係の店舗で、有生はシャベルやリュックサック、軍手や帽子を吟味《ぎんみ》している。木柄の一メートルくらいあるシャベルを二つ抱え、これにしようと呟く。しかも登山でもするみたいにでかいリュックサックや、厚手の軍手だ。

「何で……シャベル？　まさかお前、井伊家の奴らを殺して埋める気じゃ……？」

慶次は有生の腕を摑んで、青ざめて聞いた。頭の中はサスペンスドラマの妄想が渦巻いている。有生は眷属を大事にしているから、眷属を苦しめた井伊家の奴らに復讐するのだろうか。恋人として止めなければと有生の腕にしがみついた。

「はぁ？　慶ちゃんの頭の中は綿しか入ってないの？　壺を埋めたって言ったでしょ？　掘り返さなきゃなんないじゃん。何で俺が井伊の奴らを殺して埋めるなんてめんどくせーことすんの」

軽蔑したような眼差しで見られ、慶次は自分の勘違いに頰を赤くした。さすがの有生も人殺しはしないようだ。

「そ、そーだったな！　ってか、そういう物理的な方法なんだ？　何かすげー力で取り出すとかしないの？」

大きな力を持つ白狐なら、超能力でも使えるのかと思っていた。地中に埋めた壺を不思議な力で取り出すとか、してくれないのか。

「慶ちゃん、前々から思ってたけどマンガの読みすぎ。そもそも人の力でやったことなんだから、人の力でやらないと意味ねーし。第一、分かってる？　俺たち、これから不法侵入して他人の土地を掘り返して壺を盗むんだよ？」

小声で言われ、慶次は目が点になった。不法侵入……？

「え、ぜんぜん分かってなかったの？　井伊の奴らが公園や広場に呪詛を込めた壺を埋めるわけねーだろ。井伊家の所有している《巣》って呼ばれてる土地に埋めたに決まってるじゃん」

呆れて有生にため息をこぼされ、慶次は急にドキドキしてきた。眷属を助けるために意気込んでいたが、合法的な方法ではないことに気づいていなかった。よく考えてみたら、敵は善人ではない。しかも埋めた場所は新宿歌舞伎町。暴力団員が跋扈《ばっこ》する歓楽街だ。

「だ、だ、大丈夫なのか？　俺たち、警察に捕まったりしないか？」

急に不安になって心細い声を出すと、有生が首をひねった。

「さぁ。ばれないように、こっそりやるしかなくね？」

有生は特に心配している様子はない。慶次は昔から嘘をついたり人を騙したりするのが苦手で、こういう悪事とは縁のない人生を送ってきた。討魔師という職業に憧れたのも、世のため人のためになると思ったからだ。

「うーうー。大丈夫かなぁ……」

こころもとなくなったが、ここまできて帰るわけにもいかない。有生の言う通り、敵地に忍び込んで眷属を取り戻さなければならないからだ。

『ご主人たま……。任務遂行のためには心を鬼にしなければならないのであります。おいらはもう腹をくくりましたですよ。正義は我らにあり！　眷属ジャッジメント！』

子狸はハードボイルド仕様の目つきになり、指で銃の形を作って周囲を撃ちまくっている。慶次もやるしかないと決意した。

　購入した大きなリュックサックをそれぞれ背負い、有生はシャベルの入った袋を抱えて店を出た。有生はまるで道を知っているみたいにすいすい歩いていく。慶次は人が多すぎて、人と霊の両方に気を遣いながら歩いた。

　靖国通《やすくにどお》りを横切り、雑多なビルと飲食店が立ち並ぶ道を進んだ。有生は重い荷物を抱えながら、何かを探すようにきょろきょろ上のほうを見ている。さらに奥へ進み、ホテル街に入った。ふいに視線の先に真っ黒い渦に覆われている雑居ビルを見つけた。

「もしかして……あれか？」

　慶次はつばを飲み込んで有生に尋ねた。

「へー。慶ちゃんも分かってきたじゃない」

　有生がにやーっと笑って、嬉しそうに慶次の頭を撫でる。周囲のビルの中でひときわ穢れたビルがあった。細い路地を入り、七階建てのビルの前に立つ。子狸は全身の毛が逆立っていて、怖気に震えている。

『ふううーっ。おいら、回れ右して帰りたいですぅ……怖いよー怖いよー。陰謀と怨念渦巻くビルですぅ』

　先ほどまでやる気に満ちていた子狸だが、今やしおしおに萎んでいる。ビルの一階は郵便受けと古びたエレベーターがあって、エレベーターの手前には柵があって鎖で錠がされていた。

「庭……とかなさそうだけど……。裏口とかあんのかな?」

慶次は奥を覗き込み、強張った表情で横にいる有生を仰ぎ見た。

「あー……ちょっと待って」

有生は眉間を指で揉みながら、聞き取れない声で何かぶつぶつ言っている。誰かと会話しているようだと気づいた時には、周囲に狐の眷属たちが集まっていた。

「了解、じゃ、十分後に行動を開始する」

有生は誰かに合図を送り、くるりとビルに背を向けた。そのままビルから離れていくので、慶次は慌てて隣についた。

「今、中に人がいて、十分後に出ていくみたい。その後、押し入るから」

歩きながら抑揚《よくよう》のない声で有生が言い、慶次は背筋を伸ばした。

「え、何でそんなの分かるの?」

「狐が中へ偵察に入った」

慶次の問いに、有生は簡潔に答える。白狐の部下の狐だろうか?

「そっか、眷属だもんな。壁をすり抜けて中を見るくらいできるのか。なぁ、子狸……」

慶次が思いついて子狸を呼ぶと、目を吊り上げて子狸が両腕でバツを作った。

『おいらにはできません!　あんな恐ろしいホラーハウスに単独で入るなんてっ。ご主人たまはおいらの力を過信しないで下さいっ。おいらは狐さんと能力が違うんですぅ!!』

ぷんぷん怒りながら言い返されて、慶次はたじろいだ。自分が入りたくないからといって、子狸にやらせようとしたのが間違っていたらしい。前々から思っていたが、やはり子狸は荒事に向いていない。

有生はビルから離れ、近くにあったコンビニに入った。コンビニの雑誌が置いてある棚の前に立ち、窓ガラス越しにビルを観察する。慶次は雑誌を手に取るふりをしながら、有生と同じようにビルに目を向けた。五分ほどして、ビルからスーツ姿の中年男性が出てきた。

「行くか？」

慶次はドキドキして有生を窺った。有生は時計を見やり、首を横に振る。まだ十分経ってないということだろうか？　隣にいる慶次はこれからビルに押し入るかと思うと心臓が飛び出そうで、落ち着かなかった。そもそもまだ夕刻だし、忍び込むなら夜中のほうがいいのではないだろうか？

「有生、あのさぁ……」

人気のない夜中に押し入らないかと提案しようとしたが、有生はさっさとコンビニから出ていってしまう。急いでそのあとを追い、慶次はきょろきょろと周囲を見回した。細い路地から急に人が消えた。まるで結界でも張ったみたいに、目的地の雑居ビルの前ががらんとしている。

「慶ちゃんはこれ被って」

有生はバッグから黒いキャップを取り出し、慶次の頭にずぼっと押し込んだ。不法侵入するので変装かと、慶次はつばに手をかけ、帽子を深く被り直した。有生もいつの間にか帽子を被っている。

有生は平然とした様子でビルの中に入っていくと、柵をまたぎ、エレベーターの前に立った。慶次は内心の動揺を悟られまいと、必死に平静を装い有生に倣《なら》って柵をまたいだ。

「……っ」

エレベーターの前で慶次は、ぎょっとした。何と、エレベーターにはパスワードを入れる機械が設置されていたのだ。部外者は入れないようにしているに違いない。

(これじゃ入れない)

慶次が絶望的な表情で横を見ると、有生はさも関係者であるかのような落ち着きぶりで、パスワードを入力し始めた。しかもすぐに解除された。

「ど、ど、どーなって?」

エレベーターの扉が開いて中に入りながら、慶次は眉根を寄せた。有生は地下一階のボタンを押して扉を閉める。

「だから狐が偵察したって言ったじゃん。パスワードくらい調べるでしょ」

有生はしれっと話しているが、眷属とはそこまで有能なのだろうか？　だとしたら、かなりセキュリティの高い建物でも侵入できるのか。ひょっとして悪用しようと思えば、怪盗にでもなれるのではないか。

『おいらは無理ですよ。そもそもおいらはこんな穢れた場所に単独で潜入とか、無理ゲーですから。無数に部下がいる白狐たまだからこそなせるワザなのであります』

慶次の心の中を読み取ったかのように、子狸が先んじて言う。

「子狸、お前が部下を持てるのっていつなんだ？」

降りていくエレベーターの中で聞くと、子狸が胸を張る。

『ご主人たまがベテランになる頃には必ずや！』

かなり遠い先の話なのだと慶次は諦めた。エレベーターの扉が開き、目の前に真っ暗な廊下が現れる。有生はバッグから懐中電灯を取り出し、辺りを照らした。薄暗い廊下の先にドアがいくつかあり、有生は一番奥のドアに手をかけた。鍵がかかっていたらどうしようと思ったが、意外にも、鍵はかかっていなかった。

「うわ……っ」

ドアを開けた有生の背後で、慶次は思わず声を上げてしまった。それも仕方ない。大きな部屋があったのだが、そこの床板が外され、剝き出しの地面が広がっていたのだ。しかもすごく嫌な臭いがする。腐臭とでもいえばいいのか、鼻を覆わないと耐えられない。有生もひどく顔を歪めて、先ほど買った袋を開けてシャベルを二つ取り出した。

「よし、掘るよ。こっからは体力勝負。期待してるからね」

有生にシャベルを押しつけられ、慶次は顔を顰めて頷いた。有生は何かを読み取るように地面に顔を近づけた。

「ここ、ここを掘って」

低い声音で言われ、慶次は腐臭に耐えながらシャベルを突き立てた。ここで役に立たないと来た意味がないと思い、渾身《こんしん》の力で土を掘り返す。有生も同じように一メートル離れた場所を掘り始める。

『ご主人たまっ、がんばって！　げほげほっ、うぐっ、く、臭すぎておいらもう駄目っ』

子狸は最初こそ応援してくれたが、すぐに腐臭にやられて慶次の中に身を隠してしまった。眷属には耐え難い穢れだったのだろう。慶次は急いで探さなければと、すごい勢いで土を掘り返した。幸いなことに、目当ての壺はそれほど深い場所に埋められていなかった。五分も掘り続けると、シャベルの先にいくつもの壺が当たった。

「よし、いいぞ」

有生も目に力が宿り、二人で土の中から白い壺を取り出した。磁器でできた二リットルくらい入りそうな壺だ。得体の知れない文字が書かれた札が何枚もべたべた貼ってあって、蓋が固く閉じられている。慶次たちは合計五つの壺を見つけた。有生はそれらをリュックに詰め込んだ。大きめのリュックを買ったが、互いに二つずつしか入らず、残りの一つは有生がビニール袋の中に入れた。

「じゃ、ずらかろう」

有生は掘り返した場所に再び土を被せ、持ってきたシャベルを袋の中に入れた。敵地でいわゆる盗難めいたことをしたせいか、慶次は興奮状態だった。アドレナリンが出ている状態なのか奇声を上げたくてたまらなくなる。どうにか冷静さを保って、部屋を出てエレベーターに乗り込んだ。リュックが異常に重い。壺自体が重いのかもしれない。ずっしりと肩に食い込み、まるで成人男性を背負っているみたいだ。

「はい、任務完了。慶ちゃん、ご苦労様」

ビルを出たところで有生がにゃーっと笑う。慶次は溜めていた息を吐き出し、ギクシャクとした動きでビルから離れた。大きな通りに出て、人混みに紛れ込む。

「ぷはーっ。ううっ、見つからなくてよかったぁ」

今頃緊張の糸が切れて、汗がどっと出てくる。多くの罪を犯してしまった。眷属を助けるためなので悔いはないが、子狸同様、自分も荒事に向いていないと思った。時計を確認すると、ビルに入ってから出るまで、三十分しか経っていなかった。もっと長い時間かかったと思ったので、びっくりした。今頃、手が震えてきて、慶次はどこか落ち着ける場所に行きたいと願った。

「あ、俺。今、靖国通り」

有生はスマホで誰かと話している。何だろうと思って顔を上げると、ほどなくして白い車がすーっと近づいてきた。運転席にいる眼鏡の女の子と目が合い、慶次はどきりとした。

「嬰子……？」

慶次が困惑して言うと、白い車が路肩に寄ってきて止まる。

「急いで乗って」

運転席の窓から嬰子が顔を出し、せっつくように言う。有生が連絡を入れていたのは嬰子だったのだ。まさかここで嬰子が現れると思っていなかったので、慶次は頭が真っ白になった。有生は後部席のドアを開け、慶次の背中を押す。困惑したまま、慶次は後部席に乗り込んだ。有生が続いて乗り込む。

「出します」

嬰子はドアが閉まったのを確認して、車を発進させる。すぐに他の車の後ろにつき、靖国通りを西へ向かって速度を上げる。

「これを持って飛行機で帰るわけにはいかなかったから、ウサギちゃんに迎えに来てもらった」

戸惑っている慶次に、有生がリュックを下ろして説明する。そういえば電話で連絡を取っていたっけ。先に言ってくれたら、よかったのに……。

「すごいですね。後ろから圧力がかかります。だいぶ呪詛が進んでいるようですね。事故らないようにしなきゃ。このまま、本家に向かっていいですか？　途中で交代してもらえれば、明日には着くと思うし」

嬰子はハンドルに手をかけながら、慣れたしぐさで運転している。

「あー、そうして。高速で運転代わる」

有生が抑揚のない声で答える。嬰子は壺の正体も分かっているようだし、それがどれほどやばいものかも理解しているようだ。このまま高知の本家に向かうなんて、かなりの強行軍だ。

「あ、俺も運転……」

自分も役に立たねばと慶次が口を開くと、有生に笑われた。

「慶ちゃんはいいよ。慶ちゃんは無理」

さらりと駄目出しされて、急に慶次の胸が苦しくなった。何だろう。有生がそう言うのも当たり前だと分かっているのに、息ができないくらいつらくなった。自分だってできると大声で怒鳴りたくなり、慌てて窓の外へ視線を向ける。

(何これ？　何これ？　俺、どうしてショック受けてんの？)

自分でも信じられないくらい動揺していて、理由もなく怒り、悲しくなった。

「――慶ちゃん、リュック下ろしな。それ持ってるのヤバいから」

有生の声が鋭くなり、慶次の肩からリュックを引っ張る。ハッとして慶次は有生に言われるままにリュックを下ろした。有生は無言で慶次の手からリュックを奪い、後ろのトランクに押し込む。重かった荷物が離れると、少しだけ呼吸が楽になった。

「ウサギちゃん、やっぱり俺のマンションに寄って。慶ちゃんはそこで降ろす」

不機嫌そうな声で有生が言い、慶次は不快な気持ちになって眉根を寄せた。

「何で俺だけ降ろすんだよ？　俺も一緒に行く」

ここまで来て自分だけ赤坂のマンションに残されるとは思わなくて、慶次は声を荒らげた。

「だって慶ちゃん……」

有生の手が伸びてきて、宥《なだ》めるように頭に触れてくる。無性に腹が立って、慶次はその手を振り払った。

「俺だけのけ者にすんなよ!!」

気づいたら大声を出してしまって、自分でも驚いた。そんなつもりはなかったのに、怒鳴るのを止められなかった。

「……ごめん。でも、俺も行くから。最後まで関わりたいし」

怒鳴った自分を恥じて、慶次はなるべく落ち着いた声を出そうと心がけた。おそるおそる有生を見ると、どこか困った表情で慶次を見つめている。

「どうします？」

信号で車を停めて、嬰子がちらりと振り返る。

「……このまま本家、向かって」

有生がため息混じりに言う。その声が自分に呆れているようで、鼓動が速まった。大人げなかっただろうか？　狭い車内で怒鳴るなんて、するべきじゃなかった。どうして先ほどはあんなに腹が立ったのだろう。己の行動が恥ずかしくて、有生のほうを向けなくなった。免許を持っているが、慶次は初心者で、有生が慶次に運転を任せたくない気持ちは分かる。ただ乗っているだけなら、赤坂のマンションで降りてあとを託したほうがよかったかもしれない。

『……たま……、ご主人たま！』

ふいに耳元で子狸の大声がして、慶次はびくっと肩を震わせた。子狸がいつの間にか膝の上にいて、安堵したように胸を撫で下ろす。

『よかったぁー。聞こえないのかと思ってひやひやしましたですぅ』

子狸は何度も慶次に呼びかけていたようで、ふーっと息を吐き出した。

「ごめん……。ちょっとぼーっとしてたかも」

強張った表情で慶次が言うと、子狸が困ったように眉を下げる。

『おいらちょっと穢れに当たって疲れたので、しばらく休みますです。ご主人たま、こんな時に申し訳ないでありますぅ』

「うん、分かった。休んでいいよ」

子狸が疲れて休むと言うのは初めてで、慶次は心配になって頷いた。それほどの穢れだったのかもしれない。確かにあの腐臭は耐え難かった。途中で子狸が出てこられなかったくらいだ。子狸がふっと消えると、慶次は何となく自分の顔が汚れている気がして、ハンカチで拭った。腐臭を思い出したせいだろうか？　匂いが残っている気がする。

「有生、俺、臭くない？」

不安が強くなって、慶次は小声で横にいる有生に聞いた。嬰子の車に乗っているのに、臭い匂いまで移ったら大変だ。

「慶ちゃんが臭いなら、俺も臭いでしょ。別に匂わないよ」

有生はそう言って、しきりに顔を拭く慶次の手からハンカチを奪い取った。本当に大丈夫だろうか？　まだ汚れている気がするのに。

「慶次君、気になるなら窓開けようか？」

嬰子がちらりとミラー越しに慶次を見て言う。窓を開けたら匂いは気にならなくなるが、寒さで風邪を引くかもしれない。日が暮れ、気温は下がる一方だ。とはいえ、少しの間だけでも窓を開けて換気できたら――。

「いいよ、寒いし。慶ちゃんは気にしすぎ」

慶次が答える前に、有生が素っ気ない声で遮った。それ以上何も言えなくなり、慶次は黙ってシートにもたれた。

■5　穢れを祓う

瀬戸大橋《せとおおはし》を通って高知の本家に着いた頃には、日が高く昇っていた。夜通し高速を使って移動したので、有生《ゆうせい》も嬰子《えいこ》も疲れた様子だ。慶次《けいじ》は途中の食事やトイレ休憩以外は、大人しく後部席に座っていた。慶次が黙っていたせいか、有生も嬰子もほとんどおしゃべりをせず、車内はあまりいいムードとは言えなかった。

翌朝八時に本家の鳥居《とりい》を潜《くぐ》った時には、上空にいた烏天狗《からすてんぐ》たちのざわめきが聞こえてきた。母屋の近くで車を停めると、すでに連絡を受けて待っていた和装の丞一《しょういち》と緋袴《ひばかま》姿の巫女様、それに中川《なかがわ》が立っていた。

「疲れただろう、ご苦労であった。壺を受け取る」

神妙な顔で巫女様が言い、トランクの中から取り出したリュックサックごと受け取る。もう一つのリュックサックとビニール袋は丞一が受け取った。

「これから浄化の儀式を行う。有生、疲れているところすまないが、手伝ってほしい」

丞一に指示され、有生が大きくあくびをした。

「めんどくせーけど、しょーがねーか……。慶ちゃん、俺んちで待ってて」

有生はあくびを連発して、慶次の頭を軽く撫でる。

「嬰子は母屋で寝ていくといい」

巫女様に言われ、嬰子がこくりと頷《うなず》く。丞一と巫女様に連れられ、有生と嬰子が母屋に入っていく。一人になって慶次は、妙に身体が重く感じて、のろのろと離れにある有生の家へ向かった。十四時間近く車に乗っていて、足腰が痛いし、疲労困憊《ひろうこんぱい》だ。ただ乗っているだけだったので愚痴《ぐち》は言えなかったが、限界だった。

「慶次様、お風呂の用意はできております」

離れに続く石畳を進んでいると、緋袴姿の女性が案内するように声をかけてきた。ありがとうと礼を言って、慶次は重い足取りで離れの玄関の引き戸を開けた。寝ていないせいか、ほとんど頭が働かなくて、緋袴の女性が誘うままに浴室に行き、頭からシャワーを浴びた。身体を洗って浴槽に沈むと、うっかりした瞬間に寝そうになって溺《おぼ》れかけた。

(すっげー疲れた……)

体力はあると思っていたのに、異様なほど疲れていた。濡れた身体にタオルを巻き、緋袴の女性が敷いてくれた布団に倒れ込むように横になった。

覚えているのはそこまでだった。慶次は深い眠りに沈んだ。

何かの拍子に目が覚めると、周囲は薄暗かった。和室には慶次一人が寝ていて、何の物音もしない。眠い目を擦って枕元に置いてあった腕時計を見ると、午後一時だった。部屋が薄暗いと感じたのは曇り空のせいらしい。

慶次は用意されていたパーカーとズボンに着替えた。しょっちゅう出入りしているので、有生の家には慶次の衣服がそろっている。

「お食事の支度ができております」

慶次が目覚めたのに気づき、緋袴の女性が戸を開けて声をかける。広々とした畳敷きの居間に行くと、テーブルの上に一人分の食事が用意されている。白米に味噌汁、焼き魚に煮物だ。座布団に正座してそれらを口に運びながら、慶次は「有生は？」と緋袴の女性に尋《たず》ねた。

「有生様はお戻りになっておりません」

慶次に湯気の立ったお茶を差し出しつつ、緋袴の女性が答える。有生はまだ浄化の作業中かもしれない。

(俺……昨日、すっげー態度悪かったよな……)

昨日の自分を思い出すにつけ、どんよりした後悔に苛《さいな》まれた。どうしてあれほど腹が立って、嫌な態度を取ってしまったのだろうと考え、慶次は胸が苦しくなった。有生と二人で壺を掘り返していた時は、むしろ高揚感に近いものがあったくらいだ。眷属《けんぞく》を助けるために奮闘していたし、例のビルを出るまではいつも通りだった。

——どうして、急に。

(俺……、最後まで二人でやりたかったんだ)

理由を深く突き詰めていくうちに、一つの思いが自分の中にあったことに気づいた。有生が眷属を救うのに慶次を伴って長崎まで行ってくれて嬉しかった。不法侵入や壺を奪い去る行為は不安もあったが、有生が一緒なら大丈夫だと思えた。けれど、嬰子が車で迎えに来たと分かった瞬間、慶次はひどくがっかりした。二人でやり遂げると思っていたのは慶次だけで、有生はそうじゃないと知ったからだ。慶次が未熟なのも分かっているし、呪詛《じゅそ》を込めた壺を本家まで運ぶのに嬰子の力が必要なのも理解できる。それでも慶次は嬰子の手を借りたくなかった。

(俺って……俺って、こんなに心狭かったんだ)

自分の中に認めたくないあさましい心があるのに気づき、慶次は落ち込んだ。何故か涙が滲《にじ》み出て、今すぐここを離れたくなった。

(恥ずかしい。こんな俺、知られたくない)

考えれば考えるほど、気分が沈んで、慶次は有生と顔を合わせる気になれなかった。きっと有生は浄化作業で慶次以上に疲れているだろう。自分がここに残ることに意味があるとは思えなかった。むしろ疲れている有生の邪魔にしかならない。そう考え、慶次はスマホと財布の入った斜めがけのショルダーバッグを背負い、自分の家へ帰ることにした。有生には迷惑かけてごめんという置き手紙を残し、バスの時間を確認して離れを出た。

「あーっ、慶ちゃん！　来てたんだぁ」

黒い門を潜って石畳を歩いていると、後ろから甲高い声がした。手を振りながら駆け寄ってくるのは、有生の弟の瑞人《みずと》だ。チェックのシャツにもこもこの白いカーディガンを着て、走ってくる。瑞人は中学三年生で、本家の三男だ。黙っていれば美少年なのだが、しゃべると好感度が爆下がりする残念な子だ。

「次のバスに乗るの？　僕もぉ。一緒に駅まで行こうよぉ」

瑞人も同じバスに乗るらしく、軽やかな足取りで慶次の腕に腕を絡める。どうしてこんな時間に瑞人がいるのだろうと思ったが、今日は日曜日だった。旅行で曜日の感覚がなくなっていた。そういえばスーツケースを赤坂《あかさか》のマンションに置きっぱなしだ。衣服と土産が入っているので、いずれ取りに行かねばならない。

「慶ちゃんたち、長崎行ってたんでしょー？　いいなぁー。映《ば》えスポット多そう！」

山道を下りながら、瑞人がくねくねして言う。よく見ると、鞄《かばん》がテディベアの顔になっている。瑞人は若い女の子が好きそうな服やグッズが好きで、一見すると男に見えない。ズボンは穿《は》いているが、靴も原色の可愛いものだ。

「あ、まぁ……。お前は遊びに？」

　バス停まで来ると、慶次は時刻を確認して聞いた。あと二分ほどでバスが来るはずだ。駅まで二時間近くかかるので、一日三本しか走っていない。

「うんっ。一保《いちほ》先輩とカラオケ行くんだぁ。そうだ！　慶ちゃんも一緒に行かない？　僕のミラクルスイートな歌声、聴かせてあげるよっ」

　きゃぴきゃぴして瑞人に誘われ、慶次は辟易《へきえき》して身を引いた。今はカラオケをする気分ではない。それに——一保というのは井伊《いい》家の人間ではないか。関わるなと言われていたのに、瑞人は相変わらずつき合いがあるようだ。

「瑞人、お前まだ井伊家の奴と……」

　忠言しようとして、慶次は言葉を呑み込んだ。自分には瑞人に忠告する権利などないかもしれないと思ったのだ。ただでさえ正しくない行動を取ったばかりの自分が、偉そうに説教などできない。

「あっ、そうだ。ねぇ慶ちゃん。この前、一保先輩に会った時、先輩の過去が視《み》えたんでしょ？　ねぇねぇ、もう一回会ったらもっとくわしく分かるかなぁ？　僕、一保先輩のこともっと知りたいのぉ。お願い。ちょっと会ってくれない？」

　瑞人が思い出したように手を合わせて、キラキラした目で迫ってくる。ちょうどバスが来て、慶次は急いで乗り込んだ。

「や、俺はあんま関わりたくないから……」

前回も瑞人の勢いに押されてトラブルに巻き込まれた。そもそも瑞人は、井伊家の若殿の問題が弐式家《にしき》を騒がせているのを知っているのだろうか？

「あ、もしもしぃ。せんぱぁーい。今、従兄弟《いとこ》と一緒だよぉ。四時前には駅に着くからっ」

瑞人はスマホにかかってきた電話に出ながら、バスに乗り込む。慶次が瑞人を厭《いと》うて一人席に座ると、すかさずその前に座り込んでくる。

「いいよぉ。一緒に連れていくねー。この前会った人だよぉ」

瑞人は楽しそうにスマホに話しかけている。まさか連れていくとは自分のことではないだろうなと、冷や汗が流れた。さっき断ったのを、覚えていないのだろうか？

「慶ちゃん、一保先輩が会いたいって。

案の定、瑞人は勝手に約束を取りつけている。慶次はイラッとして「行かないって言ってるだろ」と声を強めた。

「いやーん、こわぁーい。いいじゃん、いいじゃん。慶ちゃん、暇でしょっ。一保先輩、最近悩んでいるみたいなんだぁ。助けてあげてっ」

前に座っている瑞人は、ほとんど後ろを向いて話しかけてくる。こんなことなら一番前の席に座るべきだったと後悔した。再び眠気に襲われて、瑞人の話の途中で寝てしまう。

肩を揺さぶられて気づくと、バスが終点である駅前に着いていた。時計を見ると二時間近く経《た》っていた。

「慶ちゃん、マジで熟睡しすぎぃ」

瑞人はけらけら笑っている。慌てて財布を取り出し、はっきりしない頭を振って席を立った。

ふと見ると、バス停に例の一保という男が待ち構えている。短い髪を金髪に染めたヤンキーっぽい黒い革ジャンを着た男だ。瑞人は中高一貫の学校に通っていて、一保は高校二年生だ。話があるというのは本当らしい。もしかしたらそれは直純《なおずみ》のことではないかと慶次は気が重かった。

「一保せんぱぁーい！　やだぁ、ここで待っててくれたのぉ！」

バスから降りるなり、瑞人は一保に抱きついて、ぴょんぴょん飛び跳ねている。一保は相変わらずよからぬものを肩に乗せていて、慶次は尻込みした。妖魔といえばいいのか、キーキー鳴いている羽の生えたトカゲが肩にいて、慶次の視線に気づくと牙を剝《む》いてくる。

「そいつに聞きたいことがある」

一保はバスを降りてきた慶次を睨《にら》みつけて言う。慶次は駅まで走って逃げようかと思ったが、一保の緊迫した雰囲気に逃げるのを止めた。

「俺はカラオケに行かないぞ。話ならここですませてくれ」

駅前の自販機の前まで行き、慶次は仕方なく一保に向き直った。瑞人は目を輝かせて、一保と慶次を交互に見る。

「やーん。カラオケが嫌ならカフェでお茶しようよぉ」

瑞人は睨み合っている慶次と一保に興奮して、一人ではしゃいでいる。カフェなんておしゃれなものはこの近くになかったはずだが。それにしても一保はどう見ても硬派な不良といった雰囲気で、宇宙人とあだ名された瑞人と性格が合うとは思えない。本当にこの二人は仲がいいのだろうか？

「直純さんがいなくなった。お前は居場所を知ってるか？」

一保はぎらついた目で慶次を威嚇《いかく》する。予想通り、一保の話とは直純のことだ。直純に関してどこまで話していいか分からなかったので、慶次は悩んだ。

「討魔師のお前なら何か知ってるんじゃないのか!?」

一保はわざと自販機を蹴って、慶次を脅す。それくらいでびびる性格はしていないし、まだ高校二年生だと知っているので、むしろ憐れみの感情が湧いた。

「どこにいるかは知らないけど、その人、井伊家を抜けたいそうじゃないか。まさか、連れ戻したいのか？」

これくらいは明かしてもいいだろうと考え、慶次は一保の目をまっすぐ見つめて言った。一保の顔が強張り、拳《こぶし》に力が入る。実際、脅されようと慶次は直純の居場所を知らない。如月《きさらぎ》が懇意にしている病院へ移動させた。

「てめぇは俺たちの力を知らないからそんなことが言えんだよ！　早く連れ戻さないと、直純さんがどうなるか……っ。今ならまだ命まではとられないはずだ！　知っているなら教えろ!!」

わなわなと身体を震わせて怒鳴る一保に、駅の周囲にいた人たちが喧嘩《けんか》か、と注目する。一保の様子を見て、慶次はため息をこぼした。一保という男、どうやら直純を慕っているらしい。そうでなければ、命の心配などしないだろう。

「一保先輩、直純さんのこと好きなのぉ？　直純さんってママをそそのかした悪党でしょっ」

瑞人は慶次と一保の会話から、直純が以前会った男だと察した。一保は瑞人を無視してひたすら慶次を威嚇してくる。

「俺みたいな下っ端は居場所なんて知らないよ。でも、お前だって井伊家がおかしいのは分かってるんだろ？　わざと悪人になるよう育てられて……、その人はもう悪事をやめたいって思ったんじゃないのか？　お前も妖魔なんか肩に乗せてないで、まともな道を行けば？」

一保の肩にいる妖魔が気になって、慶次はつい差し出がましい意見を口にしてしまった。一保がまだ高校生だというのが頭にあって、直純のように井伊家を抜けられないのかと考えたのだ。

「何だと、てめぇ……っ」

気色《けしき》ばんで一保が慶次の胸ぐらを摑もうとする。いつものように子狸が制すると思い、慶次は無防備だった。一保に胸ぐらを摑まれ、身体が浮き上がる。

（あれ、何で子狸……!?　あっ、そうか、疲れて休みたいって言ってたっけ！）

助けてくれると思った子狸が出てこなくて、慶次は内心動揺した。眷属である子狸は、契約相手の慶次の身体を守るのがふつうだ。慌てて一保の手を振り払って、身体を離す。

（子狸、どうしたんだ？）

心の中で呼びかけるが、まったく返答がない。それどころか、いる気配すら感じない。

「やーん。一保先輩、暴力反対っ。もう、メッ。それ以上悪さすると、おこだよっ」

ふいに瑞人が慶次と一保との間に割って入って、頰を膨らませる。

「慶ちゃんに何かあったら、有生兄ちゃんに怒られちゃうでしょっ。もーっ、こんなの憑けてるからぁ！」

ぷんぷん怒りながら瑞人がいきなり一保の肩にいた妖魔の首を摑んだ。瑞人は頰を膨らませながら、妖魔を握りしめる。キューッと断末魔の悲鳴を上げながら、妖魔が灰となった。慶次もびっくりしたが、一保はそれ以上に驚いたようだ。とっさに瑞人から身体を引き、妖魔の残骸である灰を目で追う。

「あはっ。よっわ。草生えるレベル。一保先輩、こんなザコ憑けてちゃ駄目だよぉ。ねーねー、話終わったなら、早くカラオケ行こーよ」

何事もなかったように笑い飛ばす瑞人に、慶次は舌を巻いた。瑞人は討魔師になっていないし、妖魔を倒す術を習ったという話も聞かない。けれどさすが本家の三男というべきか、平然とこんな真似をする。

「あ……、う……」

一保は瑞人の力を見誤っていたらしい。今や顔面蒼白になって、抱きついてくる瑞人を凝視している。ともかく瑞人のおかげで助かった。一保の怒りが静まったので、慶次は早々に退散することができた。ちらりと振り返ると、瑞人は楽しげに一保と腕を組み、繁華街のほうへ消えていく。

「子狸、どうしたんだ……？」

駅のホームに下りた慶次は、人のいない場所に移動して、こっそり子狸に問いかけた。けれどやはり子狸の返事がない。

（子狸……、いないのか……？）

血の気が引いて、嫌な汗が噴き出てきた。慶次は茫然として、虚空《こくう》を見た。

自宅のアパートに帰った頃には、夜も更けていた。誰もいない真っ暗な部屋に寂しさを感じ、急いで部屋中の明かりをつけて回った。リビングのソファに座り、心を落ち着けて子狸を呼ぶ。

……やはり返事がない。いる感覚もない。

「子狸？　どうしたんだ？　まだ休んでいるのか？　待針《まちばり》？」

動揺して何度も子狸の名前を呼んだが、しんとしている。子狸の真名《まな》も呼んだのに反応がないなんて、ありえない。どこへ行ってしまったのだろう？

（え、マジで……。もしかして消えた？）

ぞくっと背筋に震えが走り、慶次は真っ青になった。何がいけなかったのか、何が起きているのか分からない。ひょっとして眷属にとって、いけないことでもしたのだろうか？

（待てよ、そういえば……子狸が休むって言った時、子狸の声が聞こえなかったような）

車内での会話を思い返し、慶次は鼓動が速まった。あの時は有生と嬰子に腹を立てて、荒《すさ》んだ気持ちになっていた。

——よかったぁー。聞こえないのかと思ってひやひやしましたですぅ。

子狸の台詞《せりふ》が蘇《よみがえ》り、血の気が引いた。もしあの時、子狸が何度も呼びかけていたのに慶次が聞こえなかったのだとしたら……。

（俺、眷属を憑ける資格を失った……とか？）

そう気づいた瞬間、眩暈《めまい》と吐き気がして慶次は前後不覚になった。子狸を失ってしまったのかもしれない。有生や嬰子に対して嫌な感情を持ったせいで、子狸といられないくらい駄目な人間になっていたとしたら——。

「ど、どうしよう……どうしよう……」

慶次は動揺して立ち上がり、部屋中をうろうろした。

「俺……討魔師《こ》じゃなくなった……？」

あれほど焦がれてやっと得た資格なのに、失ってしまったのか。絶望的な気分に陥《おちい》り、慶次は神棚に手を合わせて「子狸を戻して下さい」と口にした。返事はやはりなくて、恐怖でいっぱいになる。

「お、落ち着け、落ち着け……。子狸は休むって言ってたんだから、きっと戻ってくる」

くらくらする頭を振り、慶次は必死で自分にそう言い聞かせた。

突然、静かだった部屋にスマホの着信音が鳴り響いた。びっくりして手に取ると、有生からだ。

「も、もしもし……」

震える声で出ると、不機嫌そうな有生の声が返ってくる。

『何で帰ってんの。待ってて言ったじゃん。しかも電話出ねーし』

有生は勝手に帰った慶次に怒っている。慶次は子狸がいないということを言ってみようかと思った。自分には分からないが、有生には何か分かるかもしれない。こんなことなら自宅に戻らなければよかった。本家に残っていたら、子狸がいない理由も分かって、戻ってくる術があったかもしれないのに。

『例の壺の浄化で一週間くらいかかるから、その後、眷属を戻しに長崎に行こう。浄化中はあんまり連絡取れないかも』

有生に先に話しかけられ、慶次は無言になった。もう浄化は終わったと思ったが、当主や巫女様、有生たちがやっても一週間もかかるくらいの穢れを受けていたのか。

「う、うん……分かった」

慶次は子狸のことが言い出せなくなった。子狸がいないと言ったら、有生がどう思うか、怖くなったのだ。

（俺、討魔師じゃなくなったら……どうなるんだろ？　有生、俺のこと軽蔑するかな）

有生は眷属を大切にしているから、子狸を失った慶次に対して怒るかもしれない。あるいは蔑《さげす》むかも。……嫌いになるかもしれない。

（怖い、怖い、怖い）

急に頭の中が真っ白になって、慶次は衝動的に電話を切ってしまった。すぐに有生からまた電話が来たが、出たくなくて電源を落とした。

（俺、どうしたんだ？　何でこんなに怯えてんの？　こんなの俺じゃない）

自分は強いと思っていたのに、さっきから変なことばかりしている。心が——自分の心なのに、思い通りにいかない。

「子狸！　何で出てきてくれないんだよ！」

慶次は思わず大声を上げた。とたんにぶわっと涙があふれてきて、年甲斐もなく声を上げて泣いた。子狸がいないだけで静けさが怖くなり、震えが止まらなくなった。絶望とはこのことだ。これからどうすればいいか分からない。

「俺、どうすればいいんだよぉ！」

わんわん泣きながら、慶次はソファに倒れ込んだ。目が腫《は》れるくらい泣き続け、泣き疲れて眠りに落ちる。一人の夜は寂しくて、慶次は一人暮らしを始めたことを後悔した。

翌朝は、目元が腫れ上がり、鏡の中の自分は別人みたいだった。食欲はなく、何をしても元気になれず、全身が重くだるかった。

きっと子狸は戻ってくると鏡の中の自分を慰めたが、不安と恐怖で落ち着けなかった。その日は一日中、ぼーっとしていた。頭の中は、何故、という単語でいっぱいだ。自分がどこで間違え、何をしたのが悪かったのか考え続けていた。

夜になり、ソファでまたうたた寝して、悪夢で目が覚めた。時間の感覚がおかしくなり、気づくとずっと泣いていた。涙は涸《か》れることなくぼろぼろと流れ、何もかも失ったという悲しみに暮れた。

翌日、ようやく腹が空いてきて、慶次は冷蔵庫に残っていたきゅうりを囓《かじ》った。キッチンに立つと子狸が『ご主人たまー、今日は野菜を食べましょう』とアドバイスしてきたのを思い出して、涙が流れた。神棚に手を合わせても子狸のはしゃいでいる姿が蘇るし、風呂に入っても、部屋の掃除をしても子狸の姿が目に浮かぶ。当たり前だ。もう二年も子狸と一緒だった。常に子狸は傍《そば》にいたし、いろんな事件や仕事、遊びもたくさんした。その大切な存在を失ったのだ。死にたいくらいの悲しみに襲われる。

「うう……、子狸ぃ……」

朝から晩まで泣き続け、顔はぱんぱんに腫れ上がった。身体中の水分を失った気がする。

（このままじゃ駄目だ）

四日目にやっと行動する気力が戻ってきて、慶次は冷たいシャワーを頭から浴びた。実家だったら近くに滝行をする場所があったのに、ここではそうもいかない。それでも頭から冷水を浴びたことで、気力が湧いた。

（柳森《やなぎもり》神社に行って、神様に頼もう！）

子狸がどこへ消えたのか分からないが、考えられるのは実家である柳森神社へ戻ったのかもしれないということだ。そうだ、きっとあそこなら子狸がいる。慶次はそう信じて、急いで出かける支度をした。

パーカーにズボンというラフな格好で外に出ようとして、慶次は風を感じて急いでジャンパーを羽織った。十一月半ばになっていて、季節は冬に近い。

（子狸……どうか、神社にいますように）

旅行用のバッグを肩にかけ、慶次は家を飛び出した。

一刻も早く東京に行きたかったので、慶次は飛行機を使うことにした。和歌山に住んでいる慶次だが、関西国際空港のほうが近いので、そっちへ電車で向かった。途中の車内でスマホの電源を入れると、有生から大量の着信があった。四日も連絡が取れなかったので、心配していたのだろう。メールやラインは慶次を気遣う文言と、電話に出ろという怒りの文でいっぱいだ。浄化中なので慶次のアパートまでは押しかけられなかったようだが、有生のやきもきとした念が飛んできている。既読の文字がついたせいか、読んでいる途中で有生から電話がかかってきた。

『慶ちゃん、どこにいるの？　何で返事をしない？』

電話に出た慶次に、有生は怒り心頭だ。有生の声を聞いたら涙が出てきて、なかなか返事ができなかった。

『慶ちゃん？』

慶次の様子がおかしいと有生も気づいたのか、不安そうな声になる。

「有生……。俺、お前と別れなきゃならなくなるかも……」

ぐすぐすと鼻を啜《すす》りながら、慶次は言った。

『どーゆーこと？　何なの？　一から説明して。今、どこ!?』

有生の声が荒々しくなる。子狸がいなくなったと言わなければならないが、あまりにつらくて口にできなかった。言おうと思うと、涙が滲んでくる。

『今、どこ!?　早く言え!!』

苛立《いらだ》った声で有生に怒鳴られ、慶次はパーカーの袖で濡れた目元を拭った。

「今から柳森神社に行く……。後で連絡するから……」

車内で電話をしながら泣いている慶次に、同じ車両の客からちらちらと視線が集まっている。これ以上話していると注目を浴びるので、慶次は有生の返事を待たずに電話を切った。一時間ほどで関西国際空港に着き、羽田《はねだ》行きの便に乗ることができた。

羽田空港に降り立つと、慶次は電車を使って秋葉原《あきはばら》へ急いだ。柳森神社は神田川《かんだがわ》沿いにあり、駅からすぐ近くだ。午前中に家を出たのもあって、午後二時に柳森神社に着いた。悲壮な覚悟で神社の拝殿に行くと、手を合わせた。

（神様、子狸が……っ、子狸が……っ）

泣きながら子狸がいないことを訴えると、すーっと柳森神社の神様が現れた。白く光っていて姿ははっきり見えないが、慈愛に満ちた女神だった。

『待針は消える前に、何と申した？』

脳に直接声が響き、慶次は濡れた目を擦った。

「穢れにあたって疲れたから休むって……」

あの時の状況を思い返し、慶次は答えた。

『穢れを受けたなら、何故、不動明王に助けを求めなかったのか？』

凜《りん》とした声で諭《さと》され、慶次は思わず「あっ」と声を上げてしまった。そうだ、何のために目黒《めぐろ》は不動尊《ふどうそん》へ行ったのだ。不動明王と縁を持つために行ったのに、慶次はそれを活用しなかった。穢れれは不動明王の炎で焼き払えたのに。あの時はそんなことに頭が回らなかった。

「俺……俺は何て馬鹿なんだ……」

慶次は膝から力が抜けて、その場にしゃがみ込んだ。眷属は穢れを苦手とする。あの時すぐに慶次が不動明王に助けを求めていれば、子狸が消えずにすんだのに。

『そなたは一人ですべての物事を成し遂げたいという我がある。待針への依存もある。討魔師としてだけでなく、人としても未熟な面がある』

淡々と指摘され、慶次はその通りだとうつむいた。今なら分かる。あの壺を運び出した時、子狸だけでなく、慶次も穢れを受けていた。もともと嬰子に対してももやもやした気持ちを抱いていたので、嬰子が現れて負の感情が膨れ上がった。だから子狸は疲れたと言ったのだ。『疲れた』と『憑かれた』は同じ言葉だと、以前、叔母の律子《りつこ》が言っていた。慶次がそれに気づいて不動明王を呼び出せば、今頃子狸は一緒にいたはずだ。現に同じように穢れを受けた有生は何ともない。慶次の相棒である子狸はまだ半人前なのだから、慶次はことさら気をつけなければならなかったのだ。

「俺……子狸に依存、していました」

子狸がいなくなったとたん、不安で絶望的な気持ちになっていた。討魔師の資格を剥奪《はくだつ》されるのは、慶次にとって一番つらいことだからだ。子狸がいなくなっただけで、自分がこんなに崩れるなんて知らなかった。けれど、討魔師というのはそれではいけない。互いにちゃんと一人で立つことができなければ、他人を救うことなどできるはずがない。

「俺がもっとしっかりすれば、子狸は戻ってくるでしょうか？」

慶次は立ち上がって、濡れた頬を擦って問いかけた。優しい気が慶次を包み込んだ。

『そなた次第』

神様の声が慶次を勇気づけた。よく考えてみれば、子狸は慶次と縁を切ると言ったわけではない。疲れたから休むと言っただけだ。その言葉を信じなくてどうするんだと、慶次は自分の両頬を叩いた。

「柳森神社の神様、どうぞ穢れを祓って下さい」

慶次は頭を深く下げ、手を合わせた。どこからか鈴の音がして、一陣の風が吹いた。さーっと目の前の視界が開け、全身を覆っていた淀んだ気が綺麗《きれい》さっぱりなくなったのを感じた。あんな汚れたものを身にまとっていたのかと、慶次は衝撃を受けた。自分が穢れていたのに、ぜんぜん気づいていなかった。

「ありがとうございます！」

慶次は大きな声で礼を言い、拝殿の前から移動した。しばらくこの神社の気を感じていたくて、慶次は神社に居着いている猫と戯《たわむ》れたり、段のあるところに腰を下ろしたりして、ぼーっと時間をつぶした。

（今夜、どうしようかな。有生のマンションに泊まらせてもらおうかな）

有生から鍵をもらっているので、赤坂のマンションに一泊してから自分の家へ戻るほうがいいだろう。赤坂のマンションにはスーツケースを置きっぱなしだ。

日が暮れた頃、慶次は重い腰を上げて、神様に挨拶《あいさつ》をして赤坂へ移動した。有生に一言断ってから合鍵を使おうと、赤坂見附《あかさかみつけ》駅から歩いている途中でスマホを取り出すと、突然どこからか狐の大群が現れて周りを囲んできた。

「な、何だっ!?」

わらわらと眷属の狐たちが慶次を取り囲み、すごい勢いで騒ぎ出す。何を言っているかまでは分からなかったが、ひと通り騒いだかと思うと、来た時と同じくらいの勢いで、西の方角に走り去った。

「何だったんだ……？　豊川稲荷《とよかわいなり》の狐か？　それとも有生の……？」

困惑しつつ電話をかけようとした矢先、「慶ちゃん！」という聞き覚えのある声が背後からした。びっくりして振り向くと、汗びっしょりで駆けてくる有生の姿があった。

「え、何でここに？　幻か？」

浄化作業に追われている有生がここにいるはずがないと、慶次は目を擦った。有生は白いパーカーにネイビーのジャケットにズボンという格好で、息を荒らげて慶次に駆け寄ってきた。バッグも持っていないし、髪も少し乱れている。

「さっきの狐、お前か？」

慶次を取り囲んだ狐たちは、有生の指示で慶次を捜していたのだ。有生はひどく顔を歪めて、慶次の前に立つと、強い力で抱きしめてきた。道の真ん中だったので、すれ違う人がつられるように視線を向ける。

「別れるって何なんだよ!!」

骨が折れそうなほど強く抱きしめながら、有生が怒鳴る。慶次は驚愕して、有生の顔を見上げた。有生は泣きそうな顔で慶次を睨みつけている。そこでようやく思い出した。有生と電話で話した際に「別れなきゃならなくなるかも」と口走ったのだ。あの時は憔悴《しょうすい》していて、未来に絶望して口から世迷い言が飛び出た。

「あ、あの……、それは……。ごめん、あの……、浄化中だったのに、来てくれたのか？」

有生は大事な作業中だったのに、慶次が口走った言葉のせいで、ここまで来てしまったのだ。とんでもないことを言ったと慶次は青ざめた。慶次を凝視して怒鳴っている有生に、通行人も興味津々で振り返る。

「当たり前だろ！　慶ちゃんのことが一番大事なんだから!!」

慶次の肩を鷲掴みにして、有生が叫ぶ。自分が一番大事——慶次は激しいショックを受けて、ぼろっと涙を流した。眷属を大切にする有生が、浄化の作業を放り出しても慶次のもとに駆けつけてくれた。自分は何を見誤っていたのだろう。討魔師じゃなくなったら有生が去っていくとか、嫌われるとか、全部、自分の思い込みだ。

有生は、こんなにも自分を大切にしてくれている。

「有生ぇ、俺も、俺もお前が好きだよぉ」

感極まって慶次が泣きながら抱きつくと、有生が出鼻をくじかれたみたいに言葉を呑み込んだ。どうして自分はすぐに有生に助けを求めなかったのだろう。一人で空回って、思い込んで、馬鹿みたいだ。

「もう……、何なの。すげー焦った……、ちゃんと説明してくれるんだろうね？」

慶次の髪を撫でて、有生がぐったりした声を出す。男二人がハグして泣いている様は、慶次の地元ならあっという間に地域の人間の噂になるところだが、さすが都会はこういった手合いに慣れているのか、素知らぬ顔で通り過ぎてくれる。慶次は有生に引っ張られ、赤坂のマンションまで歩いた。有生は電話の後、すぐ本家を飛び出したみたいで、歩きながら巫女様に電話をしている。

「ごめん、今東京にいる。悪いけど残りの浄化作業、よろしく」

有生は珍しく殊勝《しゅしょう》な声で謝っている。隣にいた慶次にも聞こえるくらい、巫女様の声が怒っている。

赤坂のマンションに着くと、慶次は思い切って子狸が消えたことを話した。

「そういや子狸ちゃん、いないね。は？　それで眷属失ったと思ったの？　討魔師じゃいられなくなるって？」

慶次の話を聞くなり、有生が顔を覆って天を向いた。L字型のソファに斜めに向かい合って座っていた慶次は、面目なくてうつむいた。

「あのねぇ、仮にも契約交わしてんだから、失うとしてもちゃんと別れの儀式っぽいのがあるに決まってるでしょ。契約が切れる時は、討魔師と眷属を繋いでいる糸みたいなものを斬るんだよ。慶ちゃんがそんな勘違いしてたなんて知らなかった」

有生に説明され、慶次は目から鱗《うろこ》であんぐりと口を開けた。そんな儀式めいたものがあるなんて知らなかった。

「し、知らない……っ、そんなのあったのかよ！」

「子狸ちゃんに聞いたことないの？」

呆《あき》れて聞き返され、慶次は真っ赤になった。契約を打ち切るとかそういう話は考えたくもなくて、聞きもしなかった。では本当に子狸と縁が切れたわけではないのだと、慶次は改めて安堵した。

「っつうか、まぁ……俺のせいもあるか。子狸ちゃんはまだ一人前じゃなかったし、穢れに弱かったことくらい考えるべきだったよね。今回の件に引きずり込んだ俺が悪い。慶ちゃんと相棒関係解消されて嫌だったから、仕事じゃないことくらい一緒にやりたかったから」

ぼそぼそと有生が言って、額に手を当てる。

「有生……」

有生の気持ちが嬉しくて、慶次は目を潤ませて見つめた。

「俺だって、今回の眷属救出作戦に携われて嬉しかったんだよ。お前のせいじゃない」

有生を責めたくなくて、慶次は有生の腕に手をかけた。すると、キッと有生が目を吊り上げて見据えてくる。

「そうだよね、俺のせいじゃないよね？　あれくらい大丈夫だろうと思ったのにさ。穢れっていってても、たいしたことないだろって。まさか、慶ちゃんがあんなに穢れの影響を受けると思ってなかったよ。成長したと思っても、ぜんぜんじゃん。何であんな怒りっぽくなったの？　帰りの車内、マジで空気悪かった。運転無理って言ったの、ムカついたの？　でも慶ちゃんの運転なんて、怖くて乗ってられないよ。高速って最低速度制限があるし、そもそもウサギちゃんの車マニュアル車だったよ？　運転できたの？」

しんみりしたのも束の間、有生にねちねちと嫌味と文句を言われ、慶次はぐうの音《ね》も出ない。言われてみれば初心者マークの慶次には無理だった。しかし、今はお互いに、相手のせいじゃないと慰め合うところではないのか？

「あれは……っ、あれはお前も悪いだろっ！　嬰子を迎えに来させるなんてさぁ！」

あの時の怒りが蘇って、慶次は食ってかかった。

「何で悪いのさ？　仕事で組んでるし、慶ちゃんだってウサギちゃんとは……」

「それだよ！　そのウサギってやつ！」

ここまできたら全部ぶちまけようと、慶次は声を荒らげた。有生が目を丸くしている。

「何で嬰子のことウサギって呼ぶんだよ！　すっごい嫌だ！　ウサギなんて可愛い感じで……っ、俺なんか狸だしっ、お前、嬰子に気があんのかよ！」

ずっと腹の奥に収めていた思いを、慶次は一気にまくし立てた。他の新人には嫌がらせをするくせに、嬰子とは仲良くやっているのも気に入らなかった。心が狭いと己を諫《いさ》めても、嫌なものは嫌なのだ。

「え……。ひょっとして、ヤキモチ焼いてるの……？」

みるみるうちに有生の頰が赤く色づき、期待に満ちた眼差《まなざ》しで身を乗り出す。有生の口から言われるとものすごく腹が立って、慶次はそっぽを向いた。

「悪いかよ！　嬰子は可愛いし、いい子だし、男が好きそうな女子だろ！」

やけくそで怒鳴ると、有生がいきなり慶次の両頬を手で摑んだ。

「えー。えー。やっべー、マジ？　慶ちゃんがヤキモチ焼いてんの？　うっわ、ちょっと興奮する！　いや、しすぎて勃った」

有生が目を輝かせて慶次の唇に熱いキスを押しつけてくる。強引に口づけされ、ソファに押し倒され慶次は真っ赤になって抗議した。

「こ、こら！　俺が言いたいのは……っ」

「っつうかさ、何でウサギ……嬰子にヤキモチ？　慶ちゃん、義母にはまったくといっていいほど関心なかったよね？　仮にも彼女は俺が一時期つき合ってた女ですけど？」

慶次に伸し掛かりながら、有生が納得いかない様子で聞く。言われてみれば——どうして自分は嬰子にヤキモチは焼いたのに、有生の義母である由奈《ゆな》には妬《や》かなかったのだろう。有生とつき合っていたと知らされた時も、こんなどろどろした気持ちは抱かなかった。

「それに俺、嬰子に好意的な発言したことあった？　ウサギちゃんって呼んでるのは眷属が兎だからだし、特に気のあるそぶりをした覚えないんだけど？」

有生が慶次の目をじーっと見つめて問う。

「お前が嫌がってないっていってだけで、特別じゃん……。由奈さんは、お前毛嫌いしてたし」

「何それ。俺だって別に誰も彼も嫌ってるわけじゃねーし。それに嬰子って、ミニ律子さんみたいで、虐《いじ》めてもかわしてくるから扱いづらいし……」

不満げに有生が言いかけ、何かに気づいたように、慶次の顎《あご》を手で摑む。

「——ぶっちゃけ、俺がどうのって言うより、慶ちゃんの問題なんじゃないの？　慶ちゃん、嬰子のこと可愛いと思ってるんだろ？」

ふっと有生の雰囲気が剣呑《けんのん》なものに変わり、慶次はどきりとした。嬰子は——いい子だし、胸は大きいし、小柄だし、とても可愛い。

「思ってんのかよ？　は？　マジで萎《な》えた。そういえば慶ちゃんの理想って嬰子みたいな子じゃねーの？　うわ、マジで最悪。ヤキモチ焼いてくれたと思ったのに、慶ちゃんが嬰子を気にしてたってわけ？　はい、浮気決定！」

有生の目つきが険しくなり、顎を摑む手に力が入った。顎を締めつけられ、慶次は「痛ぇ!!」と有生の腕を摑んだ。

「ち、違う！　俺は別にそんな目で嬰子を見てない！」

「そんな身体で他の女、気にするとか、ありえないんですけど。今さら女、抱けないでしょ。嬰子に慶ちゃんがどんだけエロい身体してるか言っておくよ。馬鹿な真似しないよう、慶ちゃんのエロ動画見せておく」

「だから違うって！　ってか、エロ動画って何だよ⁉　いつの間にそんなの撮った⁉　もう俺が悪かったよ！　嬰子とお前が一緒にいると不安になるんだって、分かってくれってば！」

有生と言い合いを続けた。変な誤解をされてはたまったものではないので、慶次はソファに膝立ちになって、有生の身体に抱きつくように倒れ込んだ。

「あのなぁ……、俺だってお前しか目に入ってないんだからな……」

自分の気持ちを分かってもらおうと、慶次は有生の胸板に頬を擦りつけて訴えた。ぎゅっと背中に回した腕に力を込めて、有生の怒りが和らぐのを待った。ややあって、有生の腕が慶次の身体に回り、ぴったりと密着する。

「……でも慶ちゃんは、討魔師じゃなくなったら、俺と別れるかもって考えたんでしょ？」

有生も少し落ち着いたのか、ため息混じりに呟く。

「それは……。だって、有生は眷属を大切にしてるから……」

「じゃあ、慶ちゃんは、俺が討魔師じゃなくなったら別れるの？」

真剣な眼差しで問いかけられ、慶次はぽかんとした。討魔師じゃない有生なんて考えたこともないが、そうだとしても――。

「それはないよ。そもそもお前って、俺の理想とする討魔師じゃないし、討魔師だろうとなかろうとあんま変わりない」

あっさりと慶次が答えると、有生のこめかみがぴくりと引き攣《つ》った。

「あっ、でもお前の眷属を大切にしてるとこは、好感度高いと思ってるぞ！」

有生があからさまに不機嫌な顔つきになったので、慶次は慌ててフォローした。

「ちょっとイラッとしたけど、まぁおいといて……。俺だって別に慶ちゃんが討魔師じゃなくても変わりねーし。それなのに、何で別れなきゃならないなんて思い込んだの。マジで慶ちゃんの思い込み激しいとこ迷惑。反省して」

懇々《こんこん》と言い含められ、慶次はがっくりとうなだれた。

「……ごめんなさい」

小さな声で慶次が謝ると、抱きついていた有生の体温が上がった。鼓動も速まったので気になって目を合わせる。有生は照れた表情で、口元を手で覆っている。

「慶ちゃんってさぁ……時々、殊勝な感じになるの、何なの？　ギャップ萌え狙ってんの？　慶ちゃんがしゅんとすると、俺、無性にたぎるんだけど」

有生の手が慶次の尻を鷲掴みにする。

「ひゃ……っ」

ぐっと腰を押しつけられて、有生の股間が勃起しているのが布越しに伝わってきた。

「エッチしよ。まだまだ言いたいことあるけど、とりあえず犯したい」

慶次の耳朶《じだ》に唇を寄せ、有生がねっとりとした声で囁く。それだけで身体の奥がずくんと疼《うず》き、慶次は熱い息をこぼした。有生のあけすけな言葉で慶次の身体も熱くなる。返事の代わりに有生の唇に唇を寄せ、慶次は頬を赤くした。

浴室に連れ込まれると、互いに全裸になり、ボディソープの泡まみれになりながらキスをした。シャワーの飛沫が肩や顔にかかるのも気にせず、有生の貪るような口づけを味わった。抱くと宣言されたせいか、有生のキスは舌を絡め合う官能を引き出すものだ。泡まみれの身体をくっつけながら唾液が絡むキスを続けた。

「はぁ……、うう……」

キスの合間に有生の濡れた手が慶次の尻のはざまに滑り込む。ボディソープのぬめりを伴って、有生の長い指が尻の穴に入り込んできた。入れた指をぐいっと折り曲げられ、慶次は有生にしがみついたまま、切れ切れに呻《うめ》いた。

「慶ちゃんってぜんぜんお手入れしてないのに肌綺麗だよね。どこもすべすべだし……」

有生は濡れた唇を舐めて、慶次の尻を揉んだ。内部に入れた指を動かしながら、引きしまった尻を揉みしだかれ、甘い息がこぼれる。有生の大きな手は慶次の小さな尻を平気で一掴みにする。

「この身体、俺しか知らないと思うと、すごく萌える」

有生の手が背中を撫で、わき腹や胸元、腹部を撫で回していく。ぬるぬるの手で肌を撫でられ、気持ちよくて喘いだ。自分も同じように有生の身体に手を滑らせた。慶次はどれだけ筋トレをしても細いままだが、有生はいつ運動しているか分からないのに、逆三角形のかっこいい筋肉のつきかたをしている。

「俺……、今日、口でする」

高知からここまで慶次のために来てくれた有生のために何かしたくて、慶次はそっと有生の性器を握って言った。有生の性器はまだ半勃ちで、ずっしりとした重さがある。

「ホント？　ちょっと待ってて」

有生が目を細め、シャワーノズルを摑んで、互いの身体についた泡を流した。慶次は有生の前にしゃがみ込んで、性器を握る。

「奥に突っ込むなよ？　絶対、嘔吐《えず》くから」

口淫するのはいいのだが、奥まで性器を突っ込まれると気持ち悪くて吐いてしまうのが問題だ。有生に何度も念を押してから、性器に舌を這わせた。毎回どうしてこんなに太くて長いモノが身体の奥に入るのだろうと不思議でならない。

「ん、んん……」

何度も裏筋をなぞって、芯を持った性器を口に含む。全部はとても呑み込めなくて、歯を立てないように、舌を這わせつつ、口を上下する。

「あー……。慶ちゃんの口、ちっさくて気持ちいい」

有生が気持ちよさそうな息遣いで言う。褒められてやる気が増して、慶次は懸命に口で性器を扱《しご》いた。口の中で有生の性器が勃起すると、一度口を離して、先端を吸った。

「可愛い、慶ちゃん」

フェラをしている慶次を見下ろし、有生が嬉しそうに笑う。余裕のある態度が気に入らなくて、慶次は懸命に舌を動かした。何度も口の中に含み、煽《あお》るように動かす。ずっと口で愛撫していると疲れてきて、手で扱きながらはぁはぁと息を荒らげた。今まで何度か口でしたことはあるが、有生はほとんど慶次の口で達したことがない。

「苦しぃ……顎、疲れた」

勃起はしたものの、ぜんぜんイってくれなくて、慶次はぐったりして呟いた。

「俺、下手くそか？」

涙目で見上げると、何故かぎゅんっと有生の性器が質量を増した。手の中で脈打つそれを、両手で扱く。

「うるうるしてる慶ちゃん見ると、クる……。はー。イマラチオとかしてみたい。でも絶対慶ちゃん泣かすよね」

有生が熱い吐息と共に首を振った。

「イマラ……？　お前、そういうヤらしい言葉、どこで覚えてくんの？　よく分かんないけど、怖いことなら嫌だぞ」

慶次が警戒して言うと、有生がイマラチオについて説明してくれる。フェラチオと違い、男性主体で咽《のど》を犯す行為だと教わった。それは確実に吐くだろうと慶次は拒否した。実際以前、口でやっている最中に奥へぐっと突っ込まれて、げーげー吐いてしまったのだ。

「分かってる。慶ちゃんを泣かせたいけど、本気でつらそうなのは駄目だってことくらい俺も理解してるから。慶ちゃん、立って」

慶次の脇に手を差し込み、有生が立たせる。

「可愛い乳首。ちょっと髪、伸びたね。うなじが見えるくらいが俺は好きなんだけど」

慶次の胸元を撫で回し、乳首を指先で捏《こ》ねられる。有生は慶次の耳裏の匂いを嗅ぐようにして、腰を押しつけてくる。

「ん……っ、ふ、あぁ、散髪代は節約……」

有生の唇がうなじを這い、慶次は顔を赤らめた。

「マジで言ってんの？　そんな給料安くないでしょ？」

有生が呆れて顔を前に突き出す。

「でもぉ、何があるか分かんないし、俺たち遠距離だから交通費がかかるんだよぉ」

「だから同棲しようって言ってんじゃん」

耳朶や頬にキスを落とし、有生がいつもの会話を繰り返す。まだ一人暮らしを始めて半年も経っていないのに、引っ越すなんて無理だ。

「今はまだ……、ふ、は……っ、あっ、あっ」

乳首を強めにこねくり回され、腰がびくびくと動く。有生の勃起した性器は、慶次の尻のはざまに差し込まれ、犯すように動いている。素股というやつだろう。甘い声が漏れ、身体中が溶けていく感覚になった。風呂場なので声が反響して、恥ずかしい。

「慶ちゃん、太もも締めて」

有生の息遣いが荒くなり、太ももに手が回る。有生の性器を尻に挟んだ状態で太ももを締めると、有生が慶次の腰に手をかけて腰を突き出した。

「はぁ……っ、はぁ……っ、慶ちゃんの太もも、気持ちいい」

有生は慶次の腰をしっかりと抱え、腰を激しく穿《うが》ち始める。中に入っているわけではないのに、まるで犯されているみたいで、慶次の息も荒くなった。タイルに手をつき、腰を突き出すような体勢で有生の動きを受け入れた。有生の硬い性器が尻の穴や袋を滑ると、慶次まで気持ちよくなる。

「あー……っ、イキそ……っ」

有生は乱暴な動きで腰を穿つと、やおら性器を引き抜いて慶次の背中に向けて射精した。熱い飛沫がどろどろと伝っていく。慶次は紅潮した頬で後ろを振り返った。有生は性器を扱いて、残滓《ざんし》を吐き出している。

「ベッド行こう」

慶次の視線に気づいて、有生が柔らかい笑みを向ける。こういう笑みは多分慶次しか見たことがない。

有生はシャワーの湯で汚れを洗い落とすと、先に脱衣所へ出てタオルを取り出した。慶次はまだ身体が熱いままで、タオルで軽く水気を払ってもぼうっとしていた。

ベッドへ行くと、有生がペットボトルの水を持ってきて、飲んでいる。

「慶ちゃん、まだイってないでしょ。うつ伏せになって」

有生は棚からローションを取り出しつつ、慶次の背中を押す。慶次がベッドにうつ伏せになると、有生は冷たいローションを尻に垂らした。

「ううー」

ひやっとして慶次は身を縮めた。有生はすぐに伸し掛かってきて、慶次の尻に垂らしたローションを尻の穴に流し込んでいく。指が入ってきて、探るように内部を撫でられた。先ほど弄《いじ》られたのもあって、そこは二本の指を呑み込み、熱を伝えてきた。

「あ……っ、ん……っ、ふぅうう……っ」

有生の指が前立腺をぐりぐりと刺激していく。そこでの快楽をすっかり覚えてしまった身体は、数度擦られただけで簡単に力が抜けた。有生は指を出し入れさせ、ローションを足していく。ぐちゅぐちゅという濡れた音が響き渡り、慶次は腰をひくつかせた。

「ううん、もー、イっちゃう……」

風呂場で前戯をじっくりされたせいか、中の感じる場所を刺激されて、慶次はぼうっとして呟いた。性器は反り返り、先走りの蜜があふれている。タオルを敷いておいてよかった。

「入れていい……？」

尻の穴を両方の指で広げ、有生が屈み込んできて囁く。内部の襞《ひだ》を撫でられ、慶次は肩を上下させた。

「うん、入れて……」

枕を抱きしめてねだると、有生が背後で性器を扱き出す。待つほどもなく、性器の先端が尻の穴へ押しつけられた。軽く腰を持ち上げられて、ぐぐっと先端の張り出した部分がめり込んできた。

「うう、ふ……っ、はぁ……っ、あ、つ……っ」

有生の性器はゆっくりと内部に押し入ってくる。何度体験しても、有生の性器が入ってくる瞬間は慣れない。身体の奥を男の凶器でいっぱいにされる感覚。熱くて苦しくて、気持ちいい。

「中、あっつい……」

奥まで性器を埋め込んだ有生が、慶次の顔の横に手をついて、息を吐き出す。

「俺もぉ……」

はぁはぁと息を乱し、慶次も呻いた。セックスは不思議だと慶次は思う。あれほど孤独で不安だった心が満たされていく。有生と繋がっていると、心まで繋がっている気になる。

「慶ちゃん……」

背中から慶次を抱きしめ、有生がすりすりと頬を慶次の頭にすり寄せる。その可愛いしぐさにキュンときて、慶次は内部の有生を締めつけた。有生は馴染《なじ》ませるために入れたまま動いていないのに、有生が髪を撫でたり頬やうなじにキスをしたりすると、奥がきゅんきゅんする。

「慶ちゃん、好き。可愛い。ずーっとこうしてたい」

慶次の耳朶を食《は》み、有生が囁く。ささいな動きにすら腰がひくついて、慶次は頭の芯が痺れるようだった。有生に抱きしめられ、甘い言葉を囁かれ、蕩《とろ》けてしまう。ふと見ると有生の頭に狐の耳が出ていて、この行為が気持ちいいのだというのを慶次に教えた。けれど——今の慶次には耳が出ていない。それが悲しくて寂しかった。

「……うん、俺も。有生、好き。繋がってるの、嬉しい」

切ない気持ちを伝えたくて、慶次は声を震わせて言った。有生の目が見開かれ、こめかみや頬にキスをされる。慶次は身体を後ろに曲げた。有生の唇と自分の唇がくっついて、ひどく気持ちがいい。自然と銜《くわ》え込んだ有生の性器を締めつけてしまい、息が乱れた。

「ゆうせぇ……。動いて……」

奥が疼いてたまらなくなり、慶次は涙目で声を上げた。有生の息遣いが乱れて、腰を律動される。奥をトントンと突かれ、慶次は待っていた快楽に嬌声《きょうせい》を漏らした。有生の動きは激しいものではなかったのに、軽く揺さぶられているうちに性器から精液が吐き出されていた。

「ひ……っ、は……っ、はぁ……っ、はぁ……っ、あ、あ」

どろどろと精液がタオルに染み込んでいく。有生は慶次が達したのに気づき、一瞬腰の動きを止めた。慶次の息遣いが少し落ち着くと、今度は側位の体位に変わり、片方の足を持ち上げる。

「すごく好《よ》さそうなのに、耳が出てないね……。ホントに子狸ちゃんいないんだ」

慶次の髪に口づけ、有生が残念そうに呟く。慶次も胸が痛くなった。

「まぁ、すぐ戻ってくるでしょ。ねぇ、慶ちゃん。今度ポリネシアンセックスしよ」

腰を揺さぶりながら有生が耳元で言う。

「ポリ……？　何か怖そうだから嫌だ、よ……っ、は……っ、あ……っ、あ……っ」

身体を揺さぶられ、奥を硬度のあるモノで何度も突かれる。一度射精したはずなのに、慶次はまた身体が熱くなってきて、身を仰け反らせた。

「怖くないって。慶ちゃんと愛し合いたいだけ」

ふーっと大きく息を吐いて、有生は慶次の足を抱え直した。角度を変えて再び穿たれ、慶次は甲高い声を上げた。徐々に有生の動きは激しくなり、突かれるたびに肉を打つ音と濡れた水音が響く。

「あ、あんま奥……駄目だ、よ……、あっ、あっ、ひン」

奥まで突き入れられるたび、前回の怖い場所までこじ開けられるのではないかと不安になった。

「分かってる……、はぁ、はぁ、慶ちゃん、またイきそう？　奥がすごい」

乱れた声で有生が言い、慶次は答えられなくて喘ぎ続けた。ふいに有生が腰を引き抜き、体勢を変える。

「中に出していい……？」

仰向《あおむ》けになった慶次の両足を抱え上げ、有生が再び尻の中に性器を入れてくる。引き抜かれた時の心地よさに加え、また入ってくる感覚が甘く痺れるようで、慶次は甘い声を上げながら頷いた。

「一緒にイこ……」

慶次の両足を胸に押しつけ、有生が激しく奥を突き上げてくる。容赦なく奥を穿たれ、慶次はシーツを乱して引き攣った声を上げた。

「ひ、あ……っ、あ……っ、やぁ、も……っ、イッちゃう、イく……っ」

伸し掛かってきた有生に身体を揺さぶられ、慶次は甲高い声を上げた。ベッドがきしんだ音を立て、濡れた音が耳から慶次を刺激した。

「う……っ、俺もイく……っ」

有生が上擦《うわず》った声で言って慶次をきつく抱きしめる。奥に有生の精液が流れ込んできたのを感じた瞬間、慶次も絶え間ない快楽の波に流され、絶頂に達した。

「ひ……っ、は……っ、あぁぁ……っ」

重なり合って、最高に気持ちいい瞬間を共有する。慶次は汗ばんだ身体で有生を抱きしめ返した。びくびくと震える互いの身体を愛おしいと思い、しばらくそうしていた。

■6　善悪とは

赤坂のマンションに一泊して、慶次は有生と一緒に本家へ向かった。本来なら自分のアパートに帰ってもよかったのだが、もう少しで助けた眷属の浄化が終わるので、一緒に長崎に返しに行こうと誘われたからだ。

本家に戻ると、巫女様と丞一がげっそりした様子で現れた。有生が抜けた穴を埋めるために、休みなく浄化作業をしていたらしい。もう一日かかると言われ、有生は巫女様に引きずられていった。慶次も参加したかったが、子狸がいないので何の役にも立たない。仕方ないので裏山に登り、一人でトレーニングに励んだ。身体を動かしている時が、一番心が晴れる。

浄化作業が完全に終わり、有生と共に眷属を戻しに長崎へ行ったのは、十一月の一粒万倍日《いちりゅうまんばいび》だった。

前回と違い、今回は有生の車で長崎へ向かった。何しろ浄化を終えた眷属を入れた木箱は、一時たりとも身体から離してはいけないと言われたからだ。木箱は大きな壺くらい入っていそうな大きさで、飛行機で行くと預けなければならなくなる。いかにも怪しい箱なので、絶対にチェックが入るだろう。しかもこの箱は地面に下ろしてはならないと固く言い含められている。何でも地面に落としたが最後、また穢れを受けてしまうのだそうだ。

緊張感を持って、慶次と有生は車で木箱を長崎へ運んだ。夜遅くに高知を出発して、翌日の七時頃に長崎に着いた。長崎市内から四九九号線を進み、女神大橋《めがみおおはし》を渡って木鉢《きばち》料金所を過ぎると駐車場があって、そこへ車を駐めた。木箱を抱えて高架を潜《くぐ》り、階段を上っていくと、しばらくして神崎稲荷大明神《こうざきいなりだいみょうじん》が見えてきた。前回と違い、すぐ着いた。

ふと見ると、岩の上や鳥居の上、木々の間にまでたくさんの霊狐がいて、慶次たちを見守っている。

『お待ちしておりました』

前回案内してくれた白い狐が深々と頭を下げて出迎えてくれた。慶次たちは一番高い場所まで木箱を抱えて進んだ。平らな土地のところで白い狐がこくりと頷き、有生が木箱の蓋を開けた。

「どうぞ、お戻り下さい」

有生の声につられるように、木箱から青白い狐が五匹、次々と外に出てくる。青白い狐たちは嬉しそうに仲間に駆け寄り、仲間も喜んでぐるぐると追いかけっこを始めた。

『今回の件、感謝の念にたえません。こちらはお礼の品です。どうぞ、受け取っていただきたい』

白い狐がすっと顔を上げ、慶次と有生の前に何かを寄越《よこ》した。木箱を抱えていた慶次はとっさに受け取れなくて焦ったが、それはふわふわと慶次の目の前で浮かんだままだった。金色に光る珠《たま》——宝珠だ。

『一度だけ、どこにおられようと助けに参ります。珠を胸のところで握るしぐさをして、呼びかけて下さい』

白い狐が凜とした声で告げる。

「ありがたくいただきます」

有生は丁寧に頭を下げ、手を差し伸べる。すると金色に光る宝珠が有生の胸に吸い込まれる。慶次は有生に木箱を持ってもらい、同じように「ありがたくいただきます」と頭を下げた。そっと手を差し伸べると、宝珠が胸の中に入ってきた。じわっと温かくて、きらきらした光が身体全体に浸透するようだ。神社全体が清々しい気に包まれていた。眷属たちの喜びが慶次にも伝わってくる。

「じゃ、帰ろうか。慶ちゃん」

慶次はこの空気にまだ浸っていたかったが、有生はあっさりしたものだ。慶次たちは参拝して、空になった木箱を抱えて車に戻った。

無事に眷属を救い出せてよかったなぁとしみじみ感じ、帰路についたのだ。

本家に戻り、休息をとると、慶次は如月の動向を巫女様に聞いてみた。どうやら眷属を最初に救出したのは有生だったらしく、他の討魔師たちはまだそれぞれの地で眷属を救う作業に追われているらしい。仕事の相棒である如月が眷属の救出にかかりきりなので、慶次は仕事ができずに暇を持て余した。和歌山のアパートに戻ってもいいが、子狸もいないので一人なのは寂しくて、有生の離れに居着いた。

「慶ちゃん、めんどくせーけどお見舞いに行こう」

十一月下旬、有生がビニール袋を抱えて離れに戻ってきた。

「お見舞い？　もしかして、井伊さんか？」

満身創痍《まんしんそうい》だった井伊の姿を思い返し、慶次は顔を顰《しか》めた。

「うん。今、高知の病院にいるらしい。この札《ふだ》を貼り替えてこいって言われた」

有生はビニール袋に入っている果物の中に、ぺろんと載っている札を目で示した。いくら何でもその扱いはあんまりだと慶次は果物の中から札を取り出した。

「井伊さん、高知の病院にいたのか……」

一保に居場所を聞かれたのを思い出し、慶次は顔を曇らせた。有生は巫女様に暇なお前が行ってこいと札を押しつけられたのだそうだ。果物はお見舞いの品だろう。

「そうだな、怪我が治ったか知りたいから行くよ」

慶次も腰を上げて、二人で直純の見舞いに行くことにした。車を置いている駐車場まで一緒に歩いていると、母屋から出てきた嬰子と遭遇した。嬰子はジャケットに足首まである長いスカートを穿《は》いていた。嬰子と会うのは東京から高知までのぎすぎすした車中以来だったので、慶次はいても立ってもいられず、頭を下げた。

「嬰子、この前はごめん！　俺、ちょっと穢れでおかしくなってて……。車内の空気悪くして本当に悪かった！」

慶次が深々と頭を下げて言うと、面食らったように嬰子が髪を耳にかける。

「慶次君、大丈夫だよ。気にしてないから。穢れのせいでおかしくなってるの、分かってたし」

嬰子は笑顔で優しく慶次を許してくれた。こんないい子に嫉妬《しっと》していたなんて、と慶次は深く反省した。

「慶ちゃんってば、ウサ……いや、嬰子。これから嬰子って呼ぶから」

有生が咳払いして言い、嬰子がパッと顔を上げる。

「え」

嬰子の頬がほんのり赤らみ、慶次は不安になった。

「な、何で照れてるんだ？」

慶次は嬰子の頬が赤くなったのが気になり、疑う視線になる。

「だって有生さんが呼び捨てにするから……。一人前だと認められたみたいで嬉しい」

照れながら嬰子が笑い、慶次はショックを受けた。

「や、やっぱ嬰子って呼ぶの禁止！　ウサギのままでいいから！」

まさか嬰子が名前を呼ばれてときめくと思わなかったので、慶次は動揺して有生に食ってかかった。

「もー何なの、慶ちゃん。あのね、嬰子。慶ちゃんは俺が嬰子をウサギちゃんと呼ぶと、気に入っているみたいで嫌なんだって。可愛いでしょ、俺の恋人」

有生は慶次の肩に腕を回し、にやにやして惚気《のろけ》ている。嬰子が自分たちの仲を知っていると分かっていての発言だ。慶次は恥ずかしくて耳まで真っ赤になった。

「はいはい。慶次君、ヤキモチなんて焼くだけ無駄だよ。有生さん、プライベートな話は慶次君のことしかしゃべらないから。私なんか、いつの間にか慶次君の知りたくない個人情報をすごくたくさん握ってるしね。耳タコ……、そもそもウサギなんて有生さんからすれば、ただの肉だよね」

嬰子は乾いた笑いを浮かべている。有生が自分の話ばかり嬰子にしていたなんて、聞いていない。ますます恥ずかしくなって、頭が沸騰《ふっとう》しそうだった。

「す、すみません……。お暇《いとま》します……」

これ以上嬰子と話していると危険なので、慶次は真っ赤になって有生の背中を押した。

駐車場に駐めていた車へ乗り込み、有生の運転で慶次たちは出発した。今日は道が空いていて、有生はぐんぐんスピードを上げて運転を楽しんでいる。車で二時間くらいの場所に直純が入院している病院があるそうだ。話を聞くと、直純はすでに二度転院しているらしい。それくらいしょっちゅう居場所を変えないと、井伊家の人間にばれてしまうということだろう。

直純が入院しているのは、地方の病院にしては立派な外観の広い敷地を有する病院だった。病院のオーナーと丞一が懇意な間柄らしく、受付に名前を告げるとすぐに中年男性が現れて慶次たちを病棟の個室へ案内してくれた。

「おや、有生さん、慶次君」

入院病棟の最上階の個室で悠々と入院生活を送っていた直純は、折れた骨がくっつき、リハビリに励んでいるところだった。水色のパジャマ姿で、部屋には見舞いの本やお菓子が山積みになっていた。しかも驚いたことに、和葉《かずは》が来ていた。甲斐甲斐《かいがい》しくお茶を淹《い》れている。

「和葉も来てたんだ。すげー仲良くなってんじゃん」

有生は持ってきた果物が入ったビニール袋を台の上に置き、じろじろと和葉と直純を交互に見る。直純は歩行器を使って部屋の中を歩く練習をしている。

「直純が逃げられない今が、チャンスだからね。体力が戻ったら、きっとまた雲隠れしちゃうからさ。今回、再会するまでずっと音信不通だったんだよ」

和葉は微笑みながら答える。音信不通だったと聞き、慶次は意外に感じて目を瞠《みは》った。

（来栖《くるす》さんを利用しなかったんだ。井伊家って弐式家を目の敵《かたき》にしてるし、分家の出とはいえ来栖さんを利用して何かできたはずなのに）

和葉と直純がどういう高校時代を送ったかは知らないが、もしかしたら直純は和葉に対して純粋なものを残しているのかもしれない。だから今回、和葉に助けを求めたのかも。今までは人の弱みにつけ込む嫌な奴としか思っていなかったが、そうだとすれば考えを改める必要がある。

「あんたの情報は確かだったよ。今、眷属を救い出してる最中」

有生はちらりと直純を見やり、淡々と言う。直純は歩行器を使ってベッドに戻ると、疲れた様子で腰を下ろした。

「それはどうも。これで少しは私のことを信頼して下さるとよいのですが」

にこりと笑って直純が言う。慶次は持ってきた札を個室の四方に貼り直していった。見ると、すでに貼ってある札が真っ黒になっている。一体どれほどのことがあれば、貼ったばかりの札がこれほど汚れるのだろう。四枚の札を貼ると、空間がぴしっと引きしまった。四枚の札にはそれぞれ持国天《じこくてん》、増長天《ぞうちょうてん》、広目天《こうもくてん》、多聞天《たもんてん》の姿が描かれていて、おそらくそれを貼ることで結界を張ることになるのだろう。

「ああ、淀んでいた気がすっきりしたよ」

和葉は札を貼り終えた慶次に優しい笑みを向ける。

「全部の眷属を救い出せたら、海外へ逃げる手助けもしてあげるみたいよ？　よかったねー。どの国に行くか知らないけど、もう帰ってこないでね」

有生はにこにこして、直純に辛辣《しんらつ》な言葉を吐いている。

「どうせこの国に未練なんかないでしょ？　あんた好きだった人、全部死んでんじゃん」

さらっと有生が言って、直純の顔が大きく歪んだ。慶次は二人の間にまた見えない火花が散った気がして、びっくりして後ずさった。和葉もつらそうに額を覆い、有生を睨みつける。

「有生……」

和葉に凄まれて、有生が肩を竦《すく》めた。

「あー、わりーわりー。まだいたね。ここに一人」

ちっとも悪びれていない様子で有生がにやーっと笑う。直純は無言で有生をしばらく見据えていた。和葉は戸惑った顔つきだ。慶次は会話に入れなくて、固唾《かたず》を呑んで皆の様子を窺っていた。一保の時は過去の映像が見えたが、やはり直純をいくら見ても、何も視えてこない。有生には直純の事情がある程度分かるようだ。これが力の差だろうか。

「……あなたに隠し事はできないんですか？　本当に忌々《いまいま》しい人ですね。どういう術を使って私の過去を探っているのか、ご教授願いたいものですよ」

平静を取り戻して、直純が慇懃《いんぎん》無礼《ぶれい》な態度で言う。

「私の過去ばかり視られて、不公平ではないですか？　あなたはどうなんです？　あなたはどれほどの過去を背負ってそうなったと言うんですか？」

じっと有生を見つめて、直純が鋭い声を出す。

「は？」

有生がベッドに腰を下ろして、首をひねる。

「少しは明かしてくれてもいいでしょう。その負のオーラ……よほどの過去がなければ、そんな恐ろしい気は放てない。何かよほどのカルマでもあったのではないですか？」

眼鏡のブリッジを指で押し上げ、直純が有生を覗き込む。

「はぁ？　何それ。俺が絶対、中二病わずらっただろ的な発言、やめてくれる？　別に何もねーけど」

有生は気味悪そうに自分の肩を抱き、直純から身を引く。

「何もないわけないでしょう。初めて拝見した時から、物騒なそのオーラ……、一般人でも敬遠するレベルの恐ろしさだ。よほどの修羅場《しゅらば》を潜ったか、執拗な虐待でも受けたのでもない限り、それほどの怖い気は放てない。母親を早くに亡くしているし、何か問題が……」

むきになったように直純が身を乗り出す。

「だから、何もねーって。俺の父親、人格者だし、母親も早くに死んでるけど、しょっちゅう現れて話しかけてくるから寂しいとかなかったし」

有生がかすかに照れた表情で語り出す。確かに丞一は息子の恋人が男でもまったく気にしないくらいできた人間だし、幽霊とはいえ一度会った有生の母親は息子を心から心配しているようだった。

「嘘だ、そんなわけ……っ。まともに育っている人間があんな精神攻撃をするわけがないだろ！」

直純は愕然として、声を荒らげる。有生は一緒にいると怖くなる気を発している。精神攻撃を嬉々《きき》としてやっている性格の悪さも持っている。直純が過去に何かあったと疑うのも無理はない。

「そういえばそうだよな……。有生、何でそんなひねくれてんだ？」

改めて考えると不思議な気がして、慶次もつい口を挟んでしまった。両親ともにいい人で、祖母は巫女様で耀司《ようじ》もできた兄だ。できる兄に対してコンプレックスを持っているというなら分かるが、有生が耀司にそういう人間らしい感情を抱いていると思ったことは一度もない。慶次が耀司を褒める時だけヤキモチを焼いているのは気づいている。

「慶ちゃんまでひどくね？　俺、すげー素直じゃん。俺のどこがひねくれてる？　俺は俺の感情に素直なだけ」

有生は本気で自分を素直な人間だと思っているらしく、慶次たちの視線に困惑している。

「ホントに、何で敵も味方も関係なく精神攻撃するんだ？」

慶次が疑問に思って聞くと、有生が腕を組んで考え込む。

「暇つぶし？」

あっけらかんと言われ、これまで有生に苦しめられてきた人たちが本当に可哀想だと慶次は同情した。

「有生……まだその悪い癖が直ってないのか……」

和葉はげんなりして言う。きっと昔から有生の精神攻撃を見てきたのだろう。

「では本当に……愛ある家庭で育って、あなたのようなモンスターが生まれたというのか。井伊家からすれば、ありえない話だ」

直純は自分が理解できない相手に会ったみたいに、有生を凝視している。モンスターは言いすぎだと思うが、耀司や親族も有生に対しては心底信頼しているとは言い難かったので、やはり客観的に見て有生はふつうじゃないのかもしれない。そういえば子狸も有生は狐の気に近いと言っていた。

「あの……井伊さん。一保って高校生の子、いますよね？」

ふと一保のことを思い出し、慶次は思い切って口にしてみた。直純の視線が、初めて慶次の存在に気づいたみたいにこちらに注がれる。

「一保は甥です」

直純が探るような眼差しで言う。

「この前、偶然会ったんですけど、井伊さんの行方を捜しているみたいでした」

瑞人に引き合わされたと言うと有生が怒りそうなので、慶次は偶然、という言葉に力を込めて話した。直純は考え込むようなそぶりで黙る。

「あの、俺、その子の小さい頃を視ちゃったんですけど、井戸に幼い子どもたちがいて……わざと子どもたちを憎しみ合うように仕向けてるって本当ですか？」

有生は井伊家のやり方だと言っていたが、真実なのか知りたくて、慶次は声を詰まらせて聞いた。

「ああ。我々がよくやる教育法ですよ」

直純はてらいもなく答える。

「小さい子どもを出られない井戸に落として、人数分より少ない食料を与えるんです。奪い合いをさせるためにね」

直純の発言に和葉の顔色が変わる。慶次も予想はしていたが、残酷な所業に怒りを感じた。

「昔からやってる手法ですよ。憎悪や罪悪感、猜疑心《さいぎしん》を植えつけるのが目的です。ごくまれに分け合う子どもたちもいますが、そういう場合は陰湿な子どもを一人増やすだけで、簡単におかしくなります。我々井伊家はそうやって、妖魔や悪霊を使役《しえき》できる土台を持つ人間を作っている」

慶次には到底理解できない話だった。子どものうちからそんな悪い感情ばかり叩き込まれて、まともに育つわけがない。井伊家の闇は深く、慶次には手出しできそうもなかった。

「眷属もいないあなたにこんなことを言うのもどうかと思いますが」

直純は急に、にこやかな笑顔を慶次に向ける。子狸がいないのを直純も分かっているようだ。

「一保はまだ高校生です。私を慕ってくれている子で、私が海外へ逃亡したらこれからどれほど孤独に苛まれるか分かりません。彼を救ってあげてくれませんか？　あなたのように情に厚い、将来ある討魔師に助けてもらえれば、彼は井伊家を抜け出せるかもしれません」

「おい」

直純が芝居がかった口調で言うと、有生が気色《けしき》ばんで立ち上がった。

「お前、何言ってんの？　何でそのガキまで助けなきゃなんないわけ？」

有生のまとう空気がひんやりしたものに変わり、慶次も怯《ひる》むくらい直純を威圧する。

「私が話しているのは慶次君です。誰もあなたには頼んでいませんよ。慶次君の善意にすがるしか、今の私には術がないので」

有生の威圧に眉根を寄せつつ、直純が面と向かって切り返す。

「慶次君、彼はまだ高校生で、今からやり直すことができるはずです。井伊家を抜ければ、まともな人間になれます。私が海外へ逃亡する時に、彼を連れてきてもらえませんか。私が説得すれば、井伊家を離れるでしょう」

直純に切々と訴えられ、慶次は戸惑った。一保のことを憐れに思っているのを見透かされたのかもしれない。まだ高校生で、あんなに過酷な幼少時代を過ごして、これから井伊家の闇に染まってしまうのかと思うだけで、心配になる。

「慶ちゃん、この詐欺師の話は聞かなくていいから。こいつに手を貸すとは決めたけど、おまけについては関係ない」

苛立った口ぶりで有生が慶次の肩を抱く。

「う、うう。井伊さん、俺には何の力もなくて……」

申し訳なくなって、慶次は直純に頭を下げた。和葉がため息をこぼして、直純の頭を軽く叩く。

「慶次君、こいつの話は聞かなかったことにして。直純は君の善意につけ込んでいるだけだから。直純、本気で井伊家を抜ける気があるなら、これ以上の揉め事はやめてほしい」

いつも優しい口調の和葉が、直純に対して厳しい口調になっていた。和葉にたしなめられて、直純は苦笑した。

「有生さんを動かしたいなら、そこの子を動かしたほうが早いと思ったまでですが？　慶次君、一保のこと、気にかけてくれたら助かります」

面白そうな声音で直純が言い、有生が軽く舌打ちして慶次の背中を押した。

「あー気分悪。ここの住所、井伊家にリークしてやりたい。慶ちゃん、もう行こ。和葉はそいつをちゃんと見張っとけよ」

慶次の肩に腕を回し、有生が病室から出ていく。慶次は気になって直純を振り返ったが、その表情から何が真実か見極めるのは難しかった。

帰りの車の中で、有生は不機嫌だった。道が渋滞していたのも、機嫌の悪さに拍車をかけている。徐々に日が暮れて、夕焼けで空が怖いくらいに燃えている。助手席にいた慶次はちらちらと有生の横顔を見やり、話しかけるタイミングを計っていた。

「一保とかいう子、救おうなんて馬鹿なこと考えないでね」

信号で停まった時に、有生に先制された。慶次は出鼻をくじかれたものの、気持ちを落ち着けて運転席に顔を向けた。

「救おうとは思ってないけど、井伊さんが足抜けしてほしいって言ってたことは伝えたい」

意気込んで慶次が言うと、顔を引き攣らせて有生がこちらを向く。

「うーわー。やだ、やだ。慶ちゃんの偽善者、井伊家に関わるとろくなことがないってのに」

「だってあんなふうに言われたら、放っておけないだろ！　俺だって一保って子を助ける力がないのは分かってるよ！　でも、伝えるくらいはいいじゃん！　そうしないと、俺、ちょっと罪悪感覚える！」

慶次が素直な気持ちを吐露《とろ》すると、有生が深いため息をこぼした。

「はいはい、あの眼鏡はそういった慶ちゃんの感情を見越して言ったんだもんね。でも慶ちゃん、よく考えてみて。一保ってのは高校生なんだよ？　あの眼鏡が高校生を連れて海外逃亡なんかできると思う？」

「それは……実現は難しいかもだけど……」

「はい無理。逆にそんな誘いしたほうが残酷じゃね？　選択は無視一択。それに瑞人と仲いいみたいだし、高校生活満喫してんでしょ？　放っておけばいいじゃん。いくら井伊家だって、学校にいる時は放置してるんだから。あのね、どんな環境で育とうとまっとうに育つ奴はいるの。だから一保ってのも、自分で今の道を選んでるだけ」

懇々《こんこん》と諭《さと》され、慶次は不満げに口を尖らせた。

「今の慶ちゃん、子狸ちゃんがいないんだから、気をつけないと駄目でしょ。まぁ、宝珠が一個あるから、最悪の場合は助けてもらえるけど……」

「俺も分かってるよ！」

ぶつぶつ文句を言う有生に腹が立ち、慶次は車内に響き渡るほどの声で怒鳴った。有生が顰め面《つら》で身を引き、「うるせーな」と目を吊り上げる。

「俺だって、今の自分が井伊家と関わっちゃ駄目なのは分かってるよ！　だから井伊さんの気持を伝えるだけって言ってんじゃん！　一保は瑞人の友達なんだし、それくらい、いいだろ！　っつうか、お前も一緒にいてくれればいいじゃんか！　それで俺の気がすむんだから！」

有生の理屈に丸め込まれるのを阻止するために、慶次は腹の底から声を出した。すごい声量で怒鳴ったせいか、有生が口をわななかせる。

「……っ」

有生は言いかけた言葉を呑み込み、ふーっと大きく息を吐き出す。信号が変わり、ゆっくりと車が発進した。

「……ホントに、伝えるだけで満足する？」

疑惑の眼差しで問われ、慶次は目を輝かせて頷いた。

「するよ！　それ以上は俺にもどうにもできないもんな！」

慶次がにこにこして言うと、有生がうんざりしたように首を振った。

「もしそれで一保が井伊家を離れたいって言ったらどうすんの？」

有生はまだ少し不満そうだ。慶次は真剣に考え込んで、自分にとっていい回答を導き出した。

「井伊さんに会わせるくらいは手伝うけど、人一人の人生を背負うのは俺には無理だから、当主に相談する」

慶次の回答は有生にとっても納得できるものだったらしい。有生の肩から力が抜けて、小さく笑う。

「昔の慶ちゃんなら、何が何でもそいつを助けたいって言ってた。そこまで自分のできる範囲を自覚してるなら、しょうがないね。ただし、その子と会う時は俺も一緒に行くよ。正直、すっげーめんどくせーけど」

嫌味を言い忘れない有生に顔を引き攣らせ、慶次は安堵してシートにもたれた。


本家に戻ると、慶次は有生を連れて母屋へ向かった。母屋では有生以外の家族が暮らしている。本家は広い上に討魔師をしている親族の出入りも多く、使用人を複数雇っている。屋敷の廊下を歩いている時に薫《かおる》という痩せた中年女性の使用人に会ったので、瑞人が帰っているか聞いた。

「瑞人さんですか？　先ほど部屋に戻ったみたいですよ」

薫は有生をちらりと見ながら答える。本家の使用人は皆有生を恐れている。有生が不機嫌にならないうちに退散しようと距離を保っている。

「ありがとう」

慶次は薫に礼を言って軽く手を振り、有生と階段を上がっていった。二階には耀司や瑞人の部屋がある。離れを造るまでは有生の部屋もあったらしいが、今は客間になっているそうだ。階段を上がると踊り場があって、廊下を挟んで左右に部屋がいくつかある。

「瑞人、いるか？」

瑞人の部屋のドアをノックすると、慶次は呼びかけた。

「何？　慶ちゃん」

瑞人はすぐにドアを開けて顔を出した。まだ制服姿で、学校から帰ったばかりのようだ。慶次の後ろに有生がいるのを知り、面白そうに跳ねる。

「何、何ぃ？　僕に何の用？　有生兄ちゃんがいるなんて、めっずらし」

有生は瑞人を嫌っているので、めったに自分から会いには来ないらしい。瑞人は嫌われてもお構いなしという人間なので、有生の登場に目がきらきらしている。

「入って、入ってぇ」

瑞人は慶次の腕を引っ張って部屋の中へ引きずり込む。有生は部屋の中に入りたくなかったようだが、慶次が入ったので仕方なくのそのそと足を踏み入れた。瑞人の部屋は十畳の和室で、机やベッド、箪笥《たんす》、ぬいぐるみがたくさん載っているラックが置かれているのだが、ピンクか白ばかりで眩暈がする。カーテンはグラデーションピンクに星が散りばめられているレースカーテンの二段構えだし、ベッドはいわゆる姫系の花柄やフリルをあしらったものだ。ふだんの言動も女性っぽいし、瑞人の心は女性なのだろうか？

「あのさ、一保って奴について話したいんだけど」

ピンクのクッションを差し出され、尻に敷くのを躊躇《ためら》って膝に抱えると、慶次は切り出した。

有生は居心地悪そうにドアの傍であぐらを搔いている。

「一保先輩がどうしたのぉ？　あっ、今度こそ、カラオケしてくれるんだ？　この前、一保先輩ったら、ぜんぜん歌ってくれなくてぇ」

「いや、カラオケじゃなくて。あのな、一保が気にしている直純って人が、一保が井伊家を抜ける気があるなら手助けするって言ってるんだけど。お前から見て、一保ってどんな奴なの？　いつもガン飛ばしてるけど、お前には優しいのか？　実は弐式家を探るために近づいてるんじゃ？」

瑞人と話していると論点がすぐずれるので、慶次は一気にまくし立てた。瑞人はぽかんと口を開け、ぷぷーっと噴き出した。

「一保先輩が井伊家を抜けるぅ？　やぁん、それじゃ一保先輩、僕の前から消えちゃうじゃん。

反対、反対。あ、一保先輩はチワワみたいな人だよっ。中身は可愛いのに虚勢張ってるのぉ。最初に会った時から僕には優しくてぇ。僕を虐めようとした先輩から庇《かば》ってくれたんだぁ」

瑞人がくねくねしながら楽しそうに話す。あのぎらついた男が最初から優しかったなんて、慶次にはやはり目的があって瑞人に近づいたとしか思えない。

「瑞人から見て、一保って更生できそうな感じか？　お前、井伊家と仲良くなれとか勧誘されなかったの？　井伊さんもお前のこと、引き抜きたそうだったじゃないか」

前に喫茶店で直純と対峙した際、直純は瑞人の邪悪な面を称讃しているようだった。以前も涼《りょう》真《ま》という男が有生と仲良くしたいと言い寄ってきた。井伊家は弐式家の力ある人間を、自分たちの一族へ引き入れたいのだろう。

「あっ、そういえば以前はやたら一保先輩が俺んち来いって誘ってきたぁ。一保先輩の家、ぜんぜん映えないから、一回行ったらもういいやってなっちゃったけど」

「お前、一保の家に行ったのか！　つまり井伊家だろ!?」

慶次は愕然としてクッションを床に叩きつけた。ドアの傍で聞いていた有生も、うんざりしたように頭を抱えている。

「先輩の家に遊びに行っただけだしぃ。何かやたら強面《こわもて》の親族が出てきて、猫撫で声で僕を誘惑するのぉ。一保先輩ってば、僕のこと好きなのか、部屋に鍵までかけちゃうんだよ。でもあの家、ネットの繋がりが悪くてー。めんどいから鍵壊して帰ってきちゃった」

驚愕の事実を知らされ、慶次は脱力してクッションに顔を埋めた。

「そ、それいつ頃の話……？　当主に言ったの……？」

クッションから顔を外し、慶次は問うた。

「うーん、ゴールデンウィーク頃かなぁ。パパにいちいち言わないよぉ。パパは自由主義だしぃ」

瑞人は自分がどれほど危険な目に遭ったか分かっていない。井伊家の人間なら監禁くらいするかもしれない。実際、部屋に鍵をかけられたようだし、瑞人の力が上だったから事なきを得ているが、最悪の場合、瑞人は井伊家に洗脳されていたかもしれない。

「有生……一保ってヤバいかな？　会わないほうがいい？」

瑞人の口から飛び出てくる話は、一保に対する信頼を損ねるものだった。まだ高校生だから善なる心が残っているのではと慶次は思ったのだが、甘かった。

「だから最初から俺は反対してんじゃん。ほーら見ろ、俺の見る目のほうが正しい」

有生は仏頂面《ぶっちょうづら》だ。

「えっ、一保先輩と会いたいの？　オッケー、僕に任せてぇ。すぐセッティングするよぉ。今度の日曜とかどう？　カラオケ？　ゲーセン？　映えスポットで写真？」

瑞人は嬉しそうに左右に揺れて、スマホに何か打ち込み始めた。

「い、いや、まだ会うって決めたわけじゃ……」

「あ、すぐ返事来たよ！　一保先輩も会うってぇ。今度の日曜日はデートねっ。やーん、何着ていこう。有生兄ちゃんも来るんでしょ？　慶ちゃん一人で行かせるわけないもんねー」

　あっという間に話が決まり、慶次は冷や汗を掻いた。瑞人の行動力の速さについていけない。しかも慶次が返事をする前に、会う場所が高知城《こうちじょう》に決定した。本家からけっこう遠いが、瑞人が写真を撮りたいと主張して勝手に決めてしまった。

「有生兄ちゃん、運転よろぴくっ」

　瑞人は有頂天《うちょうてん》で、日曜日に着ていく服を悩んでいる。おそるおそる有生を振り返ると、恐ろしい形相で睨みつけられた。

「ううう、そーいうわけでよろしくお願いします……」

　慶次は有生に向かって三つ指をついて頭を下げた。

■7　子狸よ、永遠なれ

無情にも日が過ぎ、日曜日はやってきた。その間有生は如月が取り戻した眷属の浄化に追われ、離れに戻ってくるのは深夜過ぎだった。浄化作業は骨が折れるらしく、戻ってきた有生は倒れ込むように寝てしまう。

慶次は仕事がなかったので、母屋で中川の事務作業を手伝ったり、裏山でトレーニングをしたり、由奈の赤ちゃんをあやしたりして時間をつぶした。

十二月の第一週目の日曜日、慶次は早起きして出かける支度をした。シャツにカーキのダウンジャケットにジーンズという動きやすい格好で肩掛けのポーチを持った。有生はハーフサイズのコートに足が長く見える黒いズボンを穿いている。少し寝不足気味で、不機嫌極まりないオーラを醸し出していて、石畳で待ち構えていた瑞人に会うなり足蹴りを食らわせた。

「やーん、やーん、有生兄ちゃん、いきなりキックとか鬼畜《きちく》っ」

瑞人は黄色と黒のチェック柄のダッフルコートに黄色のズボン、天使の羽が生えたリュックを背負っていた。しかも兎の耳がついた帽子を被っていて、一見女の子みたいだ。

「今日の僕は慶ちゃんと一保先輩を結ぶキューピッドだよぉ。びゅんびゅん矢を放っちゃうからねッ、覚悟しなさーい。くふふ」

瑞人が矢を射るしぐさをしたので、つい慶次は手刀で見えない矢を叩き斬ってしまった。エアーだと分かっていても、瑞人のすることだから受け入れたくない。

有生が渋々車を出し、朝なのにどんよりとした雲の下、出発した。行きの車の中は瑞人の歌声で騒がしく、運転席の有生も助手席の慶次も思い切り生気を吸われた。

「あれ、高知城は逆じゃないのか？」

途中の交差点で車の向かう方向がおかしいことに気づき、慶次は運転席へ顔を向けた。

「あー。ちょっと寄り道」

有生は覇気《はき》のない声で言う。どこへ行くのかと思っていたら、高知駅へ向かっている。駅で何か買い物でもあるのだろうかと思ったら、駅前のロータリーに和葉が立っていた。

「おはよう」

後部席に乗り込んできた和葉は、慶次と似たようなカーキのダウンジャケットを着ている。

「あれっ、来栖さんも行くんですか!?」

助手席にいた慶次はびっくりして後部席を振り向いた。有生は和葉がシートベルトを締めるとすぐに車を発進させた。瑞人は和葉と数えるほどしか会ったことはないらしく、リュックから名刺を取り出して「よろぴく」と挨拶している。

「今日、一保って子と会うんだろう？　有生からさんざん詰《なじ》られてね、お前のせいだから来いって。たまたま今日は休みで、直純の見舞いに来ようと思ってたから」

和葉は苦笑してシートにもたれる。どうやら有生が強制参加させたようだ。一保と面識もないのにつき合ってくれるなんていい人だ。

「和葉は人身御供《ひとみごくう》でーす」

ハンドルを切っている有生は間延びした声で言う。人身御供なんて、そんなに瑞人といるのが嫌なのだろうか。

「忙しいのにすみません。一保と話をするだけなんで、すぐ終わると思うんですけど。瑞人の話を聞いていると、一保が井伊家を抜ける感じがないから……」

「人数多いほうが楽しいじゃん！　ねーねー、終わったら皆で桂浜《かつらはま》行こーよっ。和葉お兄様、写真撮りたーい。爽《さわ》やかイケメン枠は空いてるよっ」

瑞人は和葉と親しくないにもかかわらず、べたべた触って騒いでいる。和葉は若干《じゃっかん》瑞人に引き気味で「有生の弟って、こんな子なの……？」と呟いている。瑞人は十三歳になるまで表に出られない呪いがかかっていたそうなので、近親者しかこの困った性格を知らない。

道はそれほど混んでいなくて、約束していた十一時前に高知城に着いた。駐車場に車を入れ、やる気のない有生とやる気に満ちあふれた瑞人と一緒に高知城へ足を踏み入れた。

高知城は土佐二十四万石を拝領した山内一豊《やまうちかずとよ》が建てた城だ。風情ある景観と江戸時代の本丸建築が残っている唯一の城で、日曜日の今日は観光客も大勢いた。城の周囲は緑が多く、一時、江戸時代にトリップした気になる。

「きゃーっ、写真撮りまくるぅ」

瑞人はスマホを掲げてあちこちでシャッター音を響かせている。一保とは天守閣で待ち合わせているらしく、慶次たちは観光しながら追手門《おうてもん》を潜った。

「城に興味がある人は……」

慶次が有生と和葉を見やると、しらっとした顔と愛想笑いが戻ってきた。有生は城に対する興味がゼロで、和葉は特に思い入れはないがふつうに観光を楽しんでいる。かくいう慶次もあまり城への情熱はなく、一番楽しんでいるのは瑞人という結果になった。その瑞人も城への興味と言うよりは見栄えのいい写真を撮りたいという一点だけなので、城の案内をしているスタッフには申し訳ない気がした。

「あのー、来栖さん。井伊さんって同じ学校に通っていた頃は、どうだったんですか？　同じ部活って言ってたけど……」

高知城のパンフレットをポケットに入れ、慶次は和葉に気になっていた質問をした。子狸は井伊の性格が変わっていないと言っていた。裏切る要素がないか、知りたかったのだ。

「直純は……いや、ナオは斜に構えてるところは変わってないかな。俺たちは同じ吹奏楽部でね、同じ楽器を担当したのが縁で知り合ったんだ。最初は俺が弐式家の血筋だって知らなかったみたいでね……」

和葉は昔を懐かしむように語る。高校の時の和葉の名字は如月なので、直純も気づかなかったのだろう。

「進学する前に弐式の血筋と知られて、ナオは離れていった。俺はナオが抱えてる妖魔を取り除けば戻ってきてくれると思ってたんだけど、そこでもまたいろいろ失敗しちゃってね。大切な友達だと思ってたから、あの時はショックだったなぁ。……だから今回、ナオが助けを求めてきたのは俺にとってやり直せるチャンスなんだよ。俺はナオを井伊家から離したい」

固い決意を秘めた態度で和葉が言う。慶次はそれを応援したいと思った。もし直純が和葉を裏切るような真似をしたら、身体を張ってでも止めなければならない。

「そーゆー話、慶ちゃんにするのやめて。熱くなっちゃうでしょ」

傍で聞いていた有生が心底嫌そうに首を振る。

「友情とかマジで信じてんの？　あの眼鏡は腐ったミカン。もとい慶ちゃんちの味噌汁」

「どういう意味だよ!?」

聞き捨てならない発言に、有生の背中にパンチを食らわせる。

「俺が感動してんのに！　お前も二人の友情を守るために全力を尽くせよ！」

慶次が目を吊り上げて怒ると、ぐいっと頭を長い手で遠ざけられる。残念ながら有生の腕の長さで押しのけられると、有生の身体にパンチが当たらない。

「ふふ。仲良しだねぇ」

和葉は喧嘩している慶次と有生を微笑ましそうに見ている。

「それより慶次君。この前ナオも言ってたけど、前一緒だった狸の子がいないんだね……？」

和葉はきょろきょろと慶次の周囲を見回して尋ねる。

「あ、子狸は……今、休眠中で」

慶次がしょんぼりして答えると、そうなんだと優しく背中を撫でられた。和葉は眷属を視る目を持っているので、慶次が眷属と一緒ではないのに気づいたようだ。

「はーい、集合っ。入城しまーす」

瑞人が城の入口に立って、ぶんぶんと手を振っている。これから一保に会うのだと気を引きしめ、慶次は急いで駆け寄った。

高知城は六階建ての造りで、長い時を刻んだ木の光沢が古き時代を忍ばせる。かつてはここにお殿様が住んでいたのだと思わせる武者隠《むしゃかくし》や物見窓《ものみまど》、二ノ間や三ノ間、欄干《らんかん》はそれぞれ身分ある人のために造られた凝ったものだった。狭くて急な階段を上り、天守閣に出ると、そこからの眺めは格別だった。

「やーん。お殿様気分、満喫ぅ。一保先輩はどこかなー？」

瑞人は風景写真を撮った後、きょろきょろと一保の姿を捜した。観光客の中に高校生らしき姿はない。慶次は天守閣に通じる階段の入口を見ていた。すると、黒いキャップを被った男がちょうど階段を上がってくるところだった。黒い革ジャンに黒いズボンで、金髪以外、全身真っ黒の一保だ。慶次が瑞人の腕を引っ張って一保がいると言いかけた時、一保がこちらに気づいてサッと青ざめた。一保は慶次のほうを見て、何故か階段を下りてしまう。

「あれっ、一保先輩からだぁ」

瑞人はスマホに一保からの連絡があったようで、目を丸くしている。

「有生兄ちゃんがいるの、聞いてないって。怖いからそいつとは会わないって言ってるぅ」

一保からのメッセージに瑞人が頬を膨らます。よく見ると、慶次の後ろには有生が仁王立ちしていて、一保はそれに気づいて階段を下りたらしい。

「そういえば有生兄ちゃんがいること言ってなかった。てへっ。一保パイセン、よわよわだからねー。前に有生兄ちゃんに痛めつけられたの、トラウマなんだー」

けらけら笑っている瑞人は悪魔のようだと慶次は一保に同情した。

「とりあえず、追いかけるか？　有生はちょっと離れててくれよ」

慶次は有生を手で追いやり、瑞人と一緒に階段を下りた。有生は不満そうに「えー。もういいじゃん、帰ろ」とあくびをしている。瑞人は階段を下りながら、器用に一保にメッセージを送信している。下の階に行ったが一保はいなかったので、さらに階段を下りようとした。

――その時、ぞわぁっと背筋を冷たいものが走った。

明らかに禍々《まがまが》しい気配が近くにある。階段の途中で慶次は後ろを振り返った。そこには甲冑《かっちゅう》を着た武士がいた。生きている人間ではない。背中に矢が刺さり、兜《かぶと》は脱げ、ざんばらになった髪に血だらけの顔面。敵にやられてぼろぼろの状態で刀を構えている。

『敵を殺せ！　城から追い出せ！』

鼓膜がびりびりするくらいの声で怒鳴られ、慶次は固まった。しかも落ち武者《むしゃ》は目の前にいる一体ではない。その後ろに大勢、ひしめいている。

「きゃあああ！」

突然、近くにいた女性が叫んだ。女性は明らかに落ち武者の幽霊を見て悲鳴を上げている。その女性だけではない、一緒にいた男性も「ゆ、幽霊！」と泡を食っているし、傍にいた老夫婦も腰を抜かしかけている。

（俺だけじゃなくて、ここにいる人、皆見えている!?）

ふだんなら幽霊を視られるのは慶次や討魔師のみだった。けれどどういうわけか、この場にいる観光客たちは全員落ち武者の幽霊を見ている。しかもこの階だけではない、上下の階でも悲鳴が上がり、口々に「幽霊が！」「落ち武者！」と騒いでいる。何が起きたか分からないが、この場を鎮《しず》めるためにも落ち武者の霊をどうにかしなければと慶次は思ったが、慶次が動き出すより早く、観光客が階段に詰めかけてきた。

「ちょ、ちょっと、押さないで！」

上の階にいる有生のもとへ行こうとしたのに、大勢の観光客が階段に押し寄せた結果、慶次は押されて階段を下りる羽目になった。人々は皆パニック状態で、早く下りろと怒鳴り合っている。

「クソ、瑞人、どこだ？」

人々の流れに巻き込まれ、慶次は横にいたはずの瑞人を捜した。瑞人の姿も見えなくなって、慶次は背中を強い力で押されて階段を踏み外しかけた。

「痛っ！」

よろめいた刹那《せつな》、首筋にちくりとした痛みを感じる。とっさに首を押さえた慶次は、眩暈がして転びかけた。すんでのところで誰かが慶次の身体を抱きかかえる。

「あ、すみま……」

助けてもらった礼を言おうとしたが、舌がもつれて言葉が出てこなかった。慶次を抱えた大柄な男は無言で慶次を抱えて階段を下りていく。異臭のする男だった。手を離そうとしたが、猛烈な眠気に襲われて、慶次は瞬きを繰り返した。

「な、……に……」

何かおかしい。そう思った時には、意識が混濁していた。瞼《まぶた》が重すぎて開くことができない。どこからか有生の声がした気がするが、薄れていく意識の中ではもう何も分からなかった。

ずっと頭が重かった。ずきずきと疼くような痛みもあるし、真っ暗な道を延々歩いているような虚《むな》しさと不安がつきまとっていた。

遠くで誰かが怒鳴っている声がして、慶次はぼーっとする頭を懸命に働かせようとした。四肢が重く、痺れていた。目を開けようとすると意識が朦朧《もうろう》として、口が上手く動かない。

「馬鹿野郎！　だからお前は駄目なんだ！　何でこんなガキさらってきたんだ！」

恫喝《どうかつ》する声に慶次はびくりとして覚醒《かくせい》した。

「す、すみやせん……、すごい人混みでよく分からなくて……」

「ガキじゃねーだろ!!　さらうのは青年だって言っただろうが!!」

頭の上で男が怒鳴っている。それに対して、もう一人の男が情けない声を上げている。慶次は重い瞼を開けて周囲を見た。

どこかの廃工場のようだった。設備は古く、埃《ほこり》と錆《さび》だらけで長い間使われていないのが一目瞭然だ。外からの明かりはなく、工場内は薄暗い。重い頭を上げると、裸電球が二つほどついている。

（あれ、俺、どーなって……？）

身じろごうとしたとたん、身体が拘束されているのに気づいた。慶次はパイプ椅子に座らされ、両手と両足をロープで縛られていた。両手は後ろに回されていて、パイプ椅子に直接くくりつけられている。

頭はまだ痛いし、身体もだるい。何が起きたか思い出そうとして、慶次は横を見た。

そこにスーツ姿の大柄な中年男性と、スカジャンを着たチンピラ風の痩せた男、そして一保がいた。目が合った瞬間、高知城で意識を失ったのを思い出した。あの時、首に刺されたような痛みが走った。もしかすると慶次を薬か何かで眠らせて、さらってきたのだろうか。

「気づいちまったじゃねーか。ちっ、これで、どっかに放り出すわけにもいかなくなった」

大柄な中年男性が舌打ちして、足元に土下座していたチンピラ風の男を蹴り上げる。呻き声を上げて、チンピラ風の男が汚い床に転がる。

「お、おい……っ、お前ら……」

慶次は恐怖を感じてぶるりと身を震わせたが、一保の姿を見て、勇気を奮い起こした。

「井伊家の奴らだな！　こんな真似をして、どうするつもりだよ！」

大声を上げたのは、この状況に怯えていたせいだ。これまでも危ない目には遭っているが、さすがに拘束されて、やくざ風の男の前で意識を取り戻したことはない。

「はー。悪かったねぇ。こっちだって君をさらうつもりはなかったんだ。眷属もいないし、討魔師でもないガキじゃねーか。俺たちが用があるのは、来栖和葉だよ」

中年男性はこきこきと肩を鳴らし、猫撫で声で近づいてくる。

「来栖さん……？」

そういえば今日は和葉と似たようなジャケットを着ていた。そのせいで間違われたというのか。

「何で来栖さんに……」

「そんなの決まってるだろ。直純の居所を知ってるはずだ。直純の奴がまさか弐式家の血縁者に助けを求めていたなんて、俺たちもびっくりだよ。よりによってなぁ……。弐式家ってのは頭がおかしいのか？　あれだけ被害を被《こうむ》ったのに井伊家の人間を助けるなんて、理解不能だ」

中年男性は厳《いか》つい顔で笑い出す。

「来栖和葉を尾行してたんだが、あんたらと合流したからややこしくてね。正直、あの弐式家の次男は手強いから手を出すなって言われてたんだ。とはいえ城は悪霊を呼び出しやすくてねぇ。落ち武者が大勢やってきてくれるんだよ。高知城に一般人にも見えるレベルで悪霊を呼び出したとこまではよかったんだが、うっかり拉致する人間を間違えてね」

中年男性の話でようやく事の全貌が分かった。慶次は間違えてさらわれたのか。かなりがっかりしたが、和葉がさらわれなくてよかったとも思った。

「俺はぜんぜん聞いてなかったが、一保と会う予定だったらしいな？　うちの息子に何の用だ？」

中年男性に顎をしゃくられ、後ろにいた一保がびくっと肩を揺らす。一保は自分たちに会うのを親に内緒にしていたようだ。目の前の男は一保の父親だ。

「俺は……瑞人と会うつもりで……」

一保が口ごもりながら言う。慶次の知っているヤンキー風の面影はなく、父親の前では縮こまっている少年だった。その姿が、これまでどれほど虐待されて育ったかを表していた。猛烈な怒りを感じ、慶次は歯を食いしばった。

「あの三男はお前の手に負えてねーじゃねぇか。近づいたはいいものの、何の成果もあげてねぇ。お前は本当に使えねぇ奴だな」

一保の父親は懐《ふところ》から煙草を取り出し、ジッポで火をつける。

「そんで？　お前さんはうちの息子に何の用があったんだ？」

煙を吐き出しながら一保の父親に聞かれる。

「……一保君！」

慶次は無性に怒りを感じて、大声を上げた。慶次が急に大声を出したので、その場にいた井伊家の面子が目を瞠る。慶次は腹から声を出すことで、工場内に響き渡る怒声を響き渡らせた。もしかしたら近くにいた人の耳に届き、救助が来るかもと期待した部分もある。

「お前、そのままでいいのかよ！　まだ高校生なんだし、人生やり直せるだろ!!　井伊家にいたらこの先もろくな人生を送れないんだぞ!!　井伊家を抜けたいなら手助けするから、考え直せよ!!　直純さんも心配していたぞ!!」

一保の目を覚まさせるために、慶次は力の限り叫んだ。倒れていたチンピラ風の男も、一保も、一保の父親も呆気にとられたようだ。だが、最後の一言は余計だった。

「何だよ、お前、直純の居場所を知ってるのか？　あいつに会ったんだな？　どこにいる？」

一保の父親は吸っていた煙草を床に落とし、靴底で火を消すと、にたりと笑って慶次の胸ぐらを摑んだ。慶次は失敗したと思ったが、気持ちだけでも負けまいと一保の父親を睨みつけた。

「直純さんを解放してやれよ!!」

慶次が声を張り上げると、一保の父親の目が光った。次の瞬間、容赦なく大きな手で平手打ちをされた。強烈な痛みを感じて、慶次は椅子ごとひっくり返るところだった。耳がわんわんして、目の前に星が駆け巡る。――暴力。こんなふうに見ず知らずの男から暴力を受けたことがなくて、慶次は頭が真っ白になった。

（い、痛い……）

痛みと同時に襲ってきたのは恐怖だった。

（心が突然きゅっと縮こまった……）

圧倒的に力が上の者からの暴力を受け、慶次は心がひずむような初めての感覚を覚えた。一保や井伊家の子どもたちは、幼い頃からこういった暴力を日常的に受けている。そんな行為を繰り返されたら、心が歪んで、弱って、他者を傷つけたいと思っても不思議ではない。

こんな場合なのに、慶次は一つのことを理解した。

ここにいる自分も、そこにいる一保も同じだということ。育ってきた環境が違うだけで、本来は同じものだった。慶次は弐式家という特殊な血筋に生まれ、優しい両親、兄に囲まれて、暴力とは関係なく育った。それは単に幸運だっただけのこと。スタートラインは同じだったのに、障害物があるだけで人は変化していく。

それは一保だけではない。一保の父親も、傍に倒れているチンピラ風の男も。皆最初は同じだった。生まれてきた時は同じだった。

「何だ、その目は」

苛立ったように一保の父親が慶次に唾を吐きかけた。頬がじんじん痛んで、口の中を切ったのか血の味がした。慶次は無言で一保の父親を見返した。

「気に食わねぇ目をしてるなぁ。うちの息子をかどわかそうとしてんのか？　こいつには井伊家を抜ける度胸なんかねーよ」

うすら笑いを浮かべて、一保の父親が慶次から手を離す。

「青くさい台詞を吐く奴にはお仕置きしねーとな。何でもべらべらしゃべれるように、妖魔を使ってやるよ」

一保の父親が宙に何かを描き出した。すると黒く禍々しい気配を伴って、鬼の姿をした妖魔が現れた。

（やばい、ピンチだ！）

慶次は危機感を覚え、青ざめた。直純の居場所を無理やり吐かされたら、この先、一生後悔する。何か手立てはないかと考え、神崎稲荷大明神の白狐からもらった宝珠を思い出した。

（今こそ、宝珠の力を使う時――）

白狐にこの危機を救ってもらおうと、慶次は腕を動かそうとした。だが、ロープで縛られた腕はびくともしない。確か、珠を胸のところで握るしぐさをして、呼びかけて下さいと言っていたような……。これでは呼び出せないではないか！

「クソッ、手が解けない！」

後ろ手で縛られていて、身動きが取れず、慶次は焦って真っ青になった。鬼の姿をした妖魔が、慶次の前に立ち、慶次の咽を摑もうとする。

「畜生、誰か……、有生、子狸、助けてくれよぉおおお!!」

焦りのあまり、慶次は摑もうとしてきた鬼を避けるために、椅子ごと後ろにひっくり返ろうとした。

――ふいに眩《まぶ》しい光に包まれた。何か大きくて温かな存在が上空から降ってきて、慶次と鬼の前に割り込んできた。それは鬼を弾き、後方へと転がした。慶次は床に椅子ごとひっくり返りながら、唖然《あぜん》として目を向けた。

目の前に、大きな狸がいる。

大きな腹に、ふさふさの尻尾、威厳さえ感じる佇まい――この大狸には会ったことがある。千《せん》枚通《まいどお》し――子狸が一人前になった姿だ。

『遅くなりまして、申し訳ございません。慶次殿、しばしご辛抱を』

大狸はちらりと慶次を見やり、ぺこりと頭を下げて再び襲いかかってきた鬼の妖魔を大きな尻尾で跳ね返す。よろけたところを大狸は力強い張り手で転がした。

「は？　何で眷属が……っ」

一保の父親は突然現れた大狸にぽかんとしている。慶次は転がった拍子に腕のロープが弛んで、もがきながら床に膝をついた。すると大狸がくるりと振り返り、慶次と椅子の間に手刀を下ろす。とたんに両腕、両足の拘束が解かれ、慶次は自由になった。

「子狸、いや千枚通し……なんだな！　お前、戻ってきてくれたのかぁ！」

慶次は感激のあまりぶわっと涙を流し、大狸に抱きついた。子狸は一人前になって戻ってきたのだ。こんなに嬉しいことがあるだろうか。頰の痛みも忘れ、慶次はうおーんと声を上げて涙を流した。

『慶次殿、再会を喜んでいる暇はありません。さぁ、武器を』

慶次を背後に庇い、大狸がぽんと腹を叩く。慶次は涙を拭って、こくりと頷くと、大狸の腹に手を差し込んだ。引き抜いた手の中には千枚通しの武器がある。刺身包丁くらいの長さの銀色に光る細く鋭い刃だ。起き上がって攻撃を仕掛けてきた鬼の腹に、慶次は大狸の補助を受けて突き刺した。

『ギャアアア！』

鬼が断末魔の悲鳴を上げて、黒い灰となって消えていく。

「お前……討魔師だったのか……!?」

一保の父親は愕然としてたじろぐ。

「そういうことなら、容赦はしない——」

一保の父親の目がぎらつき、次々と妖魔が出現してくる。その数は両手で数え切れないほどで、慶次は怯んで身構えた。

「慶ちゃん！」

緊迫した空気の中、武器を構えていた慶次の耳に、有生の声とシャッターを破壊する音がした。振り返ると息を乱して工場内へ入ってくる有生と和葉、それに瑞人の姿があった。慶次を追ってきてくれたのだろう。有生の姿を見て、もう大丈夫だと目が潤んだ。

「クソ、何でこんなすぐに見つかるんだ！」

一保の父親は声を荒らげている。有生は慶次を見つけ、すごい勢いで駆け寄ってきた。そして、慶次の頬が腫れているのに気づき、サッと顔色を変えた。

「……お前がやったのか？」

有生が一保の父親を振り返って問う。急に鳥肌が立って、慶次は身を縮めた。工場内の気温が数度下がって、有生の身体が目に見えるくらいの圧力を放つ。そのプレッシャーに一保の父親もよろめき、血相を変えて妖魔をけしかけた。

「早くこいつらを殺せ！」

一保の父親の怒声で、妖魔が慶次や有生のほうに群がってくる。だが妖魔の恐ろしさより、有生の放つ肌がぴりつく気のほうが怖くて、慶次は身動きが取れなかった。

有生が、かつてないほど、怒っている。

「白狐、武器を」

有生は低い声で呟き、現れた白狐の腹から剣を取り出した。有生はなぎ払うように、手近な妖魔を一刀両断した。周囲の妖魔はあっという間に消え、慶次は大狸にしがみついて固唾を呑んで見守っていた。有生はまだ残っている妖魔に剣を持っていないほうの手を向けた。

「……」

有生は無言で妖魔を手招きした。すると有生の手の動きにつられたように、何体もの妖魔が有生のほうに列をなして集まってくる。慶次は目にしているものが信じられなくて、有生と妖魔を凝視した。

有生は目の前に立った一番大きな妖魔の頭の中に手を入れ、何かをぐちゃぐちゃとかき混ぜた。すると、妖魔がぐるんと顔を一保の父親へ向ける。同時に何体かの妖魔も、向きを一保の父親のほうに変えた。

「死ぬよりつらい目に遭わせてあげるね」

有生は一保の父親に向かって、無表情で呟いた。

「う、嘘だ、そんな馬鹿な！　何で俺の使役が解かれてる!?」

一保の父親が憐れなほど震え、後退する。逃げようとしたのを見越したかのように妖魔が群がり、一保の父親の身体を押さえ込み、歯を立てる。妖魔は牙を剝き出しにして、一保の父親の手や足、腹の肉を引き千切《ちぎ》った。どうやったのか知らないが、有生は妖魔たちのコントロールを解いて、一保の父親を襲わせている。

「やめろ、やめろ、やめてくれ！　ぎゃあああああ！」

一保の父親は悲鳴を上げて床の上をのたうち回った。有生は残りの妖魔の頭にも手を入れ、かき混ぜた。残っていた妖魔がすべて一保の父親に襲いかかる。それを傍で見ていた一保は腰を抜かし、「あ、あ、あ……」と言いながら歯をカチカチ鳴らした。倒れていたチンピラも妖魔に襲いかかられ、もがき苦しんでいる。

「ゆ、有生……」

後ろにいた和葉が、ひっくり返った声を上げた。慶次はその声にハッと我に返り、苦しんでいる一保の父親を無気力な目で見やる有生に抱きついた。

「有生！　俺はもう大丈夫だから！　殺人は駄目だ、殺人は！」

このままでは一保の父親を殺してしまうのではないかと案じ、慶次は必死に言い募った。

「慶ちゃん、大丈夫。死にはしない。廃人になるだけ」

有生はぼそぼそと呟き、やおら一保の父親に近づくと、妖魔に交じって一保の父親を踏み潰した。無言でするその行為に、さすがの慶次も恐ろしくなった。

「有生！　頼むから無言でやらないで!!　来栖さん、手伝って！」

有生を一保の父親から引き離さねばと慶次は焦って声を上げた。和葉の呪縛も解かれて、慶次と一緒に一保の父親から有生を離してくれる。

「ううう……。有生兄ちゃんのマジ怒りモードで、僕ちびっちゃった」

それまで黙って後ろに控えていた瑞人が、身を細くして言う。有生は慶次と和葉によって一保の父から引き離され、やっとふーっと大きな息をこぼした。

「と、とりあえず警察呼ぶ……？　どうする？」

和葉が困惑したように聞く。薬を打たれて拉致された上に暴力まで受けたが、現在のこの状況を警察に説明できる気がまったくしなかった。慶次の目には妖魔たちが一保の父親の肉を噛み砕いている様子が映っている。これは現実に起きている出来事なのだろうか？

「慶ちゃん」

和葉に答えられずにいると、有生の感情がやっと戻ってきたようで、ぎゅーっと抱きしめられた。先ほどまでは本当に肝の冷える空気を放っていたので、慶次もホッとした。

「無事でよかった……」

喘ぐような息遣いで、有生が吐露する。有生に心配をかけたことを痛感し、慶次はぎゅっと抱き返した。

「何で狐の助けを呼ばなかったの!?　こんな殴られて！　っつうか何で、慶ちゃんが捕まってる!?」

有生は慶次の頰に手を当て、怒鳴り始める。

「そ、それが後ろ手で縛られて呼ぶ動作ができなくて……」

有生の目に光が灯《とも》っているのを見て、慶次は安堵した。慶次が殴られたのを知りキレてしまった有生は、ひどく恐ろしかった。二度とあんな顔をさせてはいけない。

「来栖さんと間違われて……」

慶次が同じカーキのダウンジャケットを着ていたせいだと説明すると、有生がカリカリした様子で唇を嚙んだ。

「どうして今日に限って、そんなことが起こるわけ!?　俺が何で和葉を今日呼び出したと思ってる！　本来ならこいつが捕まってたはずだろ！」

有生に苛立ったそぶりで和葉を指さされ、慶次は何かが引っかかって固まった。

「何だよ、その来栖さんが捕まるに決まってるみたいな言い方……」

「それくらい勘づいてたに決まってるでしょ！　だから人身御供って言ったじゃん。それがどうして慶ちゃんが捕まるわけ？　意味分かんね！」

慶次はあることに気づいて、あんぐり口を開けた。

有生は井伊家が和葉を拉致しようとしていたのを知っていたのだ。そのためにわざわざ今日、和葉を呼んだ……？

「知ってたら、そんなことしちゃ駄目だろ！」

慶次は有生の胸を手で押し返して、怒りの目つきで睨んだ。

「有生……どういうこと？」

和葉も不穏な表情で割り込んでくる。

「あ、詳細を知ってたわけじゃないよ。ただ今日、一保って子に会う時に井伊直純の居所を探ろうと誰かを拉致する事件が起こりそうだと予感しただけ。だから和葉を呼び出せば、敵も和葉を狙うんじゃないかなって。ちょっと調べれば、高校の友人って分かるしね。はいはい、そう怒るなって。だって和葉は伊勢《いせ》の神様に愛されてるだろ？　どんなピンチも、あそこの神様が助けてくれそーじゃん。仮に瑞人をさらわれても痛くも痒くもないし」

有生が滑らかな口調で語り出す。有生は今日起こる出来事をあらかじめ予測していたというのか……。慶次は脱力して、うなだれた。瑞人も「ひどーい」と頬を膨らませて怒っている。

「だからお前、今日俺が誰かに尾行されてる気がするって言った時、平然としてたのか？　ひどくないか？　お前は人の皮を被った悪魔か？」

和葉は不快そうに顔を歪めて有生を見据える。

「そもそもお前が持ってきた件で被害を被ってるんだろ。っていうか、さすがお前の守りは固くて、代わりに慶ちゃんが拉致される状況になったわけだけど」

有生はちっとも悪いと思っていない様子で、和葉と話している。温厚な和葉も有生の言い分にドン引きだ。

「……と、ともかくあの妖魔をどうにかしないと……。なぁ、本当に死んじゃってないか？」

これ以上有生の自己中心的な発言を聞いていると頭が痛くなるので、慶次は倒れている一保の父親を見やった。慶次の目には一保の父親がはらわたを抉《えぐ》り出されて無残な死骸になっているように見える。

「死んでねーよ」

有生は再び白狐を呼び出して剣を取ると、残っていた妖魔を一掃した。その鮮やかな討魔ぶりに、慶次は複雑な思いを抱いた。有生は妖魔をも動かす力を持っていた。討魔師としてはあり得ない話だ。これまでにそんな真似ができる討魔師の話は聞いたことがない。

この場には清々しい空気が戻っていた。妖魔は一匹残らず消され、床には一保の父親とチンピラ風の男が倒れている。先ほどまで確かに惨殺死体だったのに、今は二人の男に傷はない。ただし、有生が踏み潰した跡は残っていた。二人とも泡を吹いて意識を失っている。

「廃人には、なってるな。自業自得でしょ。自分の持ってる妖魔に襲われたんだから」

有生はおかしそうに言う。慶次はゾッとしたし、一保も同じように震え上がった。そういえば妖魔たちは何故か一保は襲わなかった。

「お前さ……」

有生はゆらりと歩き出し、一保に近づいた。

「ひっ！」

一保は可哀想なほどわななき、有生に怯えている。

「妖魔を従えるってこういうことだよ？　命令が届かなくなったら、逆に食われて殺される。お前に、その覚悟、あんの？」

有生に見下ろされ、床にしゃがみ込んでいた一保は嗚咽《おえつ》し始めた。慶次の説得より、有生が身をもって示した行為のほうが、一保には届いた気がした。一保は完全に恐怖の中にいる。

「お、俺だって抜け出せるなら……っ、ぬ、抜け出したい……っ。本当はやりたくない！　俺はびびりで……っ、でも井伊家は強大な力を持ってて、抜けたくてもきっと……っ」

一保が床に手をついて、泣き声を上げる。一保の本心に慶次は胸を痛めた。瑞人も「一保先輩……」と殊勝な声を出している。

「まぁ今すぐは無理だろうけど、これでお前の父親廃人同然だから、高校卒業したらあの井伊直純の力を借りて逃げたら？　お前が今回のこと黙ってれば、上の奴らも何が起きたか分かんないでしょ」

有生は一保の父親の肩を軽く叩いた。すると一保の父親がむくりと起き上がった。一保の父親は表情を失ったまま、よろよろと立ち上がる。慶次は一瞬身構えたが、一保の父親が攻撃的な態度を取ることはなかった。

「さぁ、もう家に帰りな。息子連れてさ。こいつも一緒にな」

有生は一保の父親の肩を抱いて、聞いたことのないような優しげな声で話しかける。信じられないことに一保の父親はこくりと頷いた。

「はい……そうします……」

慶次を恫喝した人間と同一人物とは思えない態度で、倒れているチンピラ風の男を抱き起こした。

「いろいろ申し訳ありませんでした……」

感情のこもらない声で一保の父親は呟き、チンピラ風の男を立たせる。有生は同じようにチンピラ風の男にも「今日は何事もなかった。もう家に帰れ」と囁く。チンピラ風の男も機械人形みたいに「そうします」と抑揚のない声で言って頷き、出口に向かって歩き出す。

「し、信じられない……」

一保はロボットみたいになった父親に絶句する。

「日常生活は送れるはず。ただ、あんまり感情を揺さぶらないほうがいいよ。妖魔に襲われたことを思い出すと発狂して終わりだからね」

有生は事もなげにそう発して、慶次の肩を抱いた。

「じゃあ、もう帰ろうか。どうせ、警察は呼ばないんでしょ？　慶ちゃんのほっぺたに湿布を貼りたい」

痛そうな表情で慶次の頬を撫で、有生が言う。廃人状態になった一保の父親に比べると軽傷でしかないが……。慶次たちはもはや何も言えずに有生の言う通りに帰路につくしかなかった。

廃工場の駐車場には有生の車が置いてあった。慶次たちはそれに乗り込み、現場から立ち去った。まだ外は明るく、慶次が拉致されてからそれほど時間が経っていなかったのを知った。

「あそこに拉致されたってよく分かったな。やっぱり、狐さんたちの力を借りたのか？」

廃工場から遠く離れると心の底からリラックスできて、慶次は腫れた頬に濡れたハンカチを押しあてながら聞いた。濡れたハンカチは瑞人のものだ。はやっているキャラクターもので可愛い。

「狐さんたち？」

後部席にいる和葉が困惑して聞き返す。

「あ、有生って白狐と契約しているじゃないですか。白狐の部下がすごい多くて、俺の居場所を特定してくれたりするんです」

慶次は和葉に説明した。以前も狐さんのおかげで助かったことがあるのだ。

「いや、有生、スマホ見てただけだよな……？」

おそるおそるというように和葉が呟く。

「スマホ……？」

最近の眷属はスマホで連絡してくるのかと首をかしげていると、瑞人がぷぷーっと笑い出す。

「有生兄ちゃん、慶ちゃんのスマホがどこにあるかＧＰＳで追えるんだよねーっ」

笑いながら瑞人に言われ、慶次はぎょっとして運転席を見た。

「うん。実はひそかに慶ちゃんのスマホを追跡できるアプリ入れといた」

しれっと有生が言い、慶次は驚いて自分のスマホを確認した。いつの間にか追跡アプリが入っている！

「い、いつこんなの!?　俺の知らないうちに！」

「毎回狐さんに頼むのも気が引けるでしょ。そもそも巻き込まれ体質の慶ちゃんが悪い。慶ちゃんが別れるかもとか言い出した夜にこっそり入れといたのに、今までぜんぜん気づいてなかったんだ。っつーか慶ちゃん、スマホにロックもかかってないし、セキュリティ甘くね？」

「お前が言うな!!」

実はスマホを弄られていたなんて。慶次は二の句が継げなくなった。運転していなかったら有生の頭を殴りたいところだが、事故を起こされたら困るので、ぐっと堪えた。

「それのおかげで今回はすぐ追えたんだから、いいでしょ。それに慶ちゃん。子狸、戻ってきたんだね？　一人前になってるじゃん」

有生は大狸の存在をすでに知っているのか、どこか嬉しそうだ。

「そうだね、前より位が高くなったみたい」

和葉も大狸の存在を感じるのか、微笑んでいる。

「えーん。成長しちゃって真名が読めなぁい。慶ちゃん、ずるいよー」

以前は子狸の真名を読んだ瑞人も、大狸の真名は読めなかったらしく残念そうだ。

和葉はこのまま伊勢へ戻るというので、有生は高知駅まで和葉を送った。車から降りた和葉は、助手席にいる慶次に向かって何か言いたげに身を屈める。慶次が窓を下ろすと、どこか困った表情で見つめてきた。

「あのね、慶次君。前にも言ったけど、有生から離れないでね。こいつ、君がいないと妖魔になっちゃう。このろくでもない男に愛とか常識とか教えられるのは、多分君だけだと思うから」

真剣な口調で言われ、慶次は顔を引き攣らせた。かなりひどいことをされた和葉だが、有生に対して怒りをぶつけていない。ひょっとして諦めているのかもしれない。

「妖魔とか失礼じゃね？　俺、人間ですけど？」

有生は不満そうに吐き出す。

「尽力します……」

慶次も今日の有生の態度には思うところがあったので、真摯《しんし》な表情で答えた。和葉と高知駅のロータリーで別れ、慶次たちは本家へ戻った。

本家に着いた頃にはすっかり日が暮れ、辺りは闇に覆われていた。駐車場のところで瑞人と別れ、慶次は有生と一緒に離れに辿り着いた。

「慶ちゃん、顔見せて」

広い畳敷きの居間に疲れて腰を下ろすと、有生が救急箱を持ってきて慶次の前にしゃがみ込んだ。かなり強い力で頬を叩かれたせいで、すっかり腫れ上がっている。有生に湿布を貼ってもらい、慶次は空腹を覚えて長テーブルに肘をついた。すぐに緋袴の狐たちがテーブルに夕餉《ゆうげ》の用意を始める。

「慶ちゃん」

ぼんやりそれを眺めていた慶次は、有生に声をかけられ、厚い胸板に抱き込まれた。

「慶ちゃんの契約相手の狸さん、今後は慶ちゃんが危険な目に遭わないよう、しっかり見張って下さい」

慶次を抱きしめながら、有生が空間に向かって言う。すっと空気が変わり、慶次の前に大狸が現れ、鎮座した。

『御意《ぎょい》。慶次殿の身はこの私が責任を持って守ります。先ほど慶次殿の身体から毒素を抜きましたので、身体のほうは問題ありません。薬を打たれていたのを心配なさっておられるようでしたので』

大狸は凜々しい顔つきではっきりと言い切った。子狸だった頃のたどたどしさは今や消えている。堂々として、風格のある佇まいだ。有生もそれが分かっているのか、子狸に対するような馴《な》れ馴《な》れしさはない。井伊の連中に打たれた薬も後遺症はないというので安心した。心配なら病院へ行きましょうと大狸は言うが、今のところ身体に異状はないので、大丈夫だろう。

「子狸は突然休むって言って消えただろ？　あれって、穢れを受けたせいだったのか？」

慶次は気になっていたことを尋ねた。あの時すぐに浄化していれば、子狸がしばらくいなくなることはなかったかもしれないと悔やんでいたのだ。

『はい。私は穢れを受けて表に出られなくなりました。あの時私は、今の半人前の姿では慶次殿をお守りできないと考え、神社に戻り、格を上げる修行を行ったのです。以前、私が現れた時も穢れを受けた後だったので、私にとっては穢れが逆に向上するきっかけになるのやもしれません』

淡々と大狸が話し、慶次は以前の記憶が蘇った。井伊家の人間に落とし穴へ落とされてピンチになった時も、言われてみれば穢れを受けた。子狸が一人前の姿になって、慶次を助け出してくれたのだ。

『慶次殿、今後も切《せっ》磋《さ》琢《たく》磨《ま》し、弱きものを支える礎《いしずえ》となりましょう』

大狸は頭を下げて、にこりと微笑んだ。慶次は思わず正座して、頭を搔いた。

「何か……急に偉くなっちゃって、話しづらいな……。俺みたいな若輩者で申し訳ない感じだよ」

子狸が一人前になってくれたのは嬉しいが、すっかり性格も変わったみたいで寂しい気持ちが押し寄せた。自分は子狸の明るいお調子者めいたしゃべりを気に入っていたみたいだ。

『ふむ……。話しづらい……でしょうか？』

大狸は考え込むように顎を撫でる。

そして、葉っぱを頭に乗せて、くるりと一回転した。するとそこには、以前と同じ子狸が現れた。慶次は馴染みのある姿に目を輝かせた。

『ご主人たまーっ。こっちのほうがいいなら、おいらこっちでもいいですよぉ。力を使う時にはおっきくなりますです。あとご主人たま、おいらずっと間違えてたことがあって』

子狸は照れくさそうに尻尾で顔を隠す。やはりこの姿のほうがしっくりくる。

「何を間違えてたんだ？」

『ご主人たまというのは、てっきり好きな人を表す言葉だと思ってたんですぅ。おいらの神社の近くを歩いている人がよく使ってたので。大きくなって、主《あるじ》を表す言葉だと知り、愕然とした次第でありますっ。でももう慣れてるので……おいらのいうご主人たまは、好きな人って意味だと思ってくださぁい。てへぺろ』

子狸は目の辺りでピースサインを作り、恥ずかしそうに言う。やはり秋葉原のオタク系の住人が使う言葉を間違えて使用していたのか……。眷属が契約相手を主というのは変だと思っていた。

「よかったね、慶ちゃん」

有生は慶次の髪を撫で、微笑む。子狸が消えて本当に悲しかったが、こうして力を蓄《たくわ》えて戻ってきてくれた。慶次は改めてこれからも子狸と力を合わせてがんばろうと誓った。

「ああ……。本当に嬉しい。……ってことで、有生」

慶次は有生に向き直り、身体を離して正座した。有生は居住まいを正した慶次に面食らいつつ、用意された食前酒に口をつけた。

「お前にちゃんと聞いておきたいことがあるぞ。お前――妖魔を操れるのか？」

このまま見なかったことにしてやり過ごそうかと思ったが、どうしても気になってしまったので、慶次は有生に切り出した。

有生は妖魔の頭に手を突っ込み、何かしていた。それをしたとたん、妖魔たちは井伊の人間を襲い出したのだ。考えてみれば、以前涼真という男を殺しかけた際も、有生は涼真が使役していた妖魔を操っていた。討魔師は妖魔を討つ力は持っていても、妖魔を従える力を持っているなんて聞いたことはない。

「うん。俺、妖魔としゃべれるから」

有生はお猪口《ちょこ》の酒を飲みながら、あっさりと告げた。

「妖魔としゃべれるーっ!?」

慶次は想定外の発言につい腰を浮かせた。有能な討魔師は妖魔と会話ができるのだろうか？

『ノンノン。ご主人たま、こんな規格外のことできるの有生たまだけですよっ』

横から子狸が慶次の肩を叩いて首を横に振る。

「そ、そうだよな？　そもそも妖魔に触れたら穢れるじゃん？　え、どうなってんの？」

テーブルにほかほかの赤飯と味噌汁が運ばれてきて、慶次は気になりつつも有生に問いかけた。

夕餉のメニューは風呂吹き大根と煮物と酢の物、鯛《たい》のおかしらつきだった。子狸が一人前になった祝いの料理らしい。

「しゃべれるって言ってもあいつら言葉を発しないのも多いけどね。何となく気持ちが通じるって言うか？　だからあいつらに縛りつけている首輪を解いてやるって交渉すると、どの妖魔も喜んで受け入れて井伊を襲ってくれるよ」

有生は鯛に箸《はし》をつけ、美味いと咀嚼《そしゃく》している。

「そ、そんな……お前、そんなことまでできるのに、どうしてそんなに人の道を外れた行為を平気でやるんだよ！　来栖さんは友達だと思ってたのに、平気で俺の代わりにさらわせようとするしさぁ！　俺を大事に思ってくれるのは嬉しいけど、ものには限度があるだろ？　あれはアウトだっ。来栖さんだからそんなに怒らなかったけど、俺だったらキレて絶交してるぞ？」

有生という男に頭が混乱して、慶次はにじり寄った。腹は減っているが、有生と腹を割って話さないと納得いかない。

「大体今回俺がさらわれたからよかったけど、本当に来栖さんがさらわれてたら、有生のことすげー怒ってたからな！」

慶次が語気荒く詰め寄ると、有生が面倒そうにため息をこぼす。

「だから客観的に見た結果、ああしたってだけじゃん。和葉が井伊家に捕まって拷問なんて未来、あるわけないだろ。神職の男だよ？　神に愛されし男だよ？　絶対そうはならない。必ず助けが来て、万事丸く収まるの。それが加護ってやつだよ。俺だって和葉が一般人ならそこまでしないし。それにねぇ、慶ちゃん。俺が人格者になったらどうなると思ってんの？」

鯛の骨を除けつつ、有生がちらりとこちらを見やった。

「皆楽しくて、いいだろっ」

人格者の有生なんて想像もできないが、そうなったら素晴らしい状況になるはずだ。

「ねーわ。マジねーわ。俺が人格者になったら、正直俺が弐式家の次期当主だよ？　サシでやったことないけど、多分俺の力のほうが兄貴より強いと思う」

ありえない爆弾発言を投下され、慶次はひっくり返った。よりによって有生が次期当主なんて、あるわけない。あるわけないと思うが……もし有生がこういう性格じゃなくて、当主みたいに人格者だったら……？

（別に長男が当主になるって決まりがあるわけじゃないもんな……）

耀司の力は強いと思うが、有生の力とは質が違う気がする。有生の力は人間より眷属や妖魔に近い——。

「た、大変じゃないか！」

有生が次期当主になる未来を想像してしまい、慶次は真っ青になった。

「お前が次期当主になったら、弐式家は終わりだ！」

「でしょ？　って俺がいうのも変な話だけど」

有生と意見が合い、慶次は疲れ果てて食事の席に着いた。少し冷めてしまった味噌汁を口にして、赤飯に箸をつける。

「だから俺はこのままでいいの。俺は慶ちゃんが一番大事。慶ちゃん以外はどうでもいい。今さら俺の性格にケチつけたって無駄でしょ。それに俺、慶ちゃんといる時は丸くなったって親族一同から言われてるよ？」

たくわんをぽりぽりさせて、有生が笑う。

「うう……。でもなぁ、今日のはひどすぎ……。お前に博愛精神をどうやって教えればいいのかなぁ……」

風呂吹き大根に囓りつき、慶次は頭を悩ませた。

『ご主人たま、ファイトッ。愛は地球を救いますですぅ』

子狸に応援され、慶次は顔を引き攣らせつつ空きっ腹を満たした。

■8　万事丸く収まるべし

十二月も下旬になると、すっかり冬の装いになった。木々の葉が落ち、空気は乾燥して外に出るのにマフラーや手袋が必要になる。直純からもたらされた情報によって各地に眷属を救いに行った討魔師は、そのほとんどが任務を終えた。あやうく大勢の眷属が穢され、井伊家の従僕になるところだった。

弐式家は当初の約束通り、直純を海外へ逃がす手はずを整えた。慶次は行き先を聞いていないが、おそらく東南アジアへ移り住むのだろうと予想を立てた。

如月が眷属を助ける任務を終えたので、慶次も仕事を再開した。如月は慶次の眷属が一人前になったのを喜んでくれて、仕事の幅も広がった。

年が明けて、七草がゆを食べた次の日、慶次は本家で直純と遭遇した。

「えっ！　誰、この人！」

直純は怪我も完治して、ふつうに歩いていた。黒いロングコートに白いニットセーターと黒のスラックス、白いマフラーを首にかけている。慶次がびっくりしたのは、直純が短く刈り上げた髪を金に染め、眼鏡をコンタクトレンズに替えていて、見た目が別人だったことだ。

「今から空港に行くのでね。変装ですよ」

直純はにこやかに微笑んで言う。直純はお堂の傍に立っていて、ついさっきまで巫女様の祈禱を受けていたようだった。井伊家の人間がこんな内部まで入れるなんて、直純の心身は本当にまともになったのかもしれない。敷地内にいる烏天狗たちが、妖魔を連れていたら絶対に入れなかっただろうから。

「やーっとあんたの顔見なくてすむんだ。よかったー」

慶次の隣にいた有生は、にやーっと笑って慶次の肩に腕を回す。

「こちらこそ、暇つぶしで首を絞めるような人格破綻者とお別れできて嬉しい限りです」

直純も嘘くさい笑顔で対応している。横で見ていた慶次は両者の争いに巻き込まれたくなくて、黙っていた。さすが直純は有生の負の空気に負けている様子はない。仮にも井伊家の中心人物だったので、そういった空気に慣れているのだろう。

「慶次君。君のおかげで一保の状況はだいぶ変わったようです。礼を言います」

直純はくるりと慶次に向き直り、丁寧に頭を下げた。

「い、いや、俺は何もできなくて……むしろ有生のおかげというか、せいというか」

あの場の状況を話す気になれなくて、慶次はもごもごと口ごもった。

「一保はあのままだったら、一年も経たずに死んでいたでしょう。あの子は、井伊家にいるには弱すぎて……。何にせよ、あなたに声をかけたのは間違いじゃなかったようだ。それにどうやら眷属が変わったようですね。これはうっかり手を出せない」

じろじろと直純に全身を観察され、慶次は頬を赤くした。直純には子狸が一人前になったのが分かるようだ。誇らしい反面、照れくさかった。

「有生、ちょっと来ておくれ」

お堂の前で話していると、巫女様が引き戸を開けて顔を出してきた。嫌がる有生を、巫女様が「すぐすむから」と尻を叩いて連れていく。

「では私はこれで」

直純は軽く会釈して、置いていたスーツケースを引きずってお堂に背を向けた。

「あ、そこまで送ります」

何となくここで別れるのは冷たい気がして、慶次は門までついていくことにした。どうやら耀司が門で待っていて、車で空港まで送ってくれるようだ。井伊家の妨害がないか心配だが、耀司が空港まで送るなら大丈夫だろう。

「一保の父親の件、聞きましたよ。有生さんはやはりここにいるのが不思議なほど、闇属性だと思うんですがね」

歩きながら直純が潜めた声で言う。

「あ、はは……」

慶次は何とも言い難く、苦笑でごまかした。

「まぁ私を追っていた井伊家の筆頭が廃人となったおかげで、ぐっと逃げるのが楽になりました。和葉に助けを求めたのは正解だった。あの男は善意の固まりですから、ちょっと弱い部分を見せればころりと落ちる。ぜんぜん変わってなくて、扱いやすかったですよ」

直純は石畳の上をガタガタ言わせながらスーツケースを引きずる。和葉のことを話しているはずなのに、自分のことを言われているようで、慶次は顰めっ面になった。

「ここまでで、けっこう」

門の手前で足を止め、直純が慶次のほうを向く。ふっとその手が慶次の肩にかかり、何故かじーっと見つめられた。

直純の手がするりと首筋にかかった。

「……君を殺したら、有生さんは闇堕ちするのかな」

冗談か本気か分からない瞳で覗き込まれ、慶次はひやっとして手を払った。子狸が出てこなかったので本気ではないと思うが、生理的に不快だった。

「冗談ですよ。私はもう生まれ変わって善人としてやっていくことに決めましたから。今のは、ちょっとした思いつきです。だってどうしても、あの人がここにいるのが解《げ》せないんですよねぇ。まぁそういう意味では三男の子も不協和音って感じですけど。当主の息子がおかしいって、そう考えると弐式家も井伊家も似たようなものかもしれませんね」

含みを持たせたような声で直純が独りごちた。井伊家の当主の息子にも何かあるのだろうか？よく分からなかったが、直純はそれ以上語る気はないようで、にっこりと笑顔になった。

「さようなら、慶次君。無事に逃げられそうなので正直に言いますね。私は有生さんが大嫌いで、隙あらば殺すか精神を破壊してやろうと思っていました。隙がなくて残念です。ではまた」

軽く手を挙げて、直純は颯爽と門の前に停まっている耀司の車に乗り込んでいった。慶次は口をあんぐり開けて、しばらくその場で固まっていた。

「や、やっぱ嫌な奴じゃん！」

去っていく車に向かって慶次は地団駄を踏んだ。

『あの眼鏡の性格はちっとも変わってなかったですねぇ。でも連日に及ぶヒーリング三昧《ざんまい》で、ちょっとだけ善の割合が上回ったようですよぉ』

子狸はいつの間にか慶次の肩にいて、やれやれと頷いている。

「とりあえず一件落着……かな」

慶次は離れに戻ろうと、参道を戻った。途中で有生が追いかけてきて、合流する。慶次が去り際に直純が言っていたことを伝えると、嫌そうに身震いした。

「使われた気分で、すっげサガる。ねー慶ちゃん。仕事も一段落したし、エッチしよ。今日も泊まっていくでしょ？」

「ば、馬鹿、こんな真っ昼間から……」

有生に耳打ちされて、慶次は肘で突き返した。誰かに聞かれたら、乱れた関係を知られてしまう。

「っていうか最近、慶ちゃん、家に戻らないよね。俺は一緒にいられるからいいけど」

有生が何の気なしに呟く。慶次はどきりとして、足を速めた。有生の言う通り、最近自宅へ戻っていない。有生の離れに入り浸りだ。

「するなら早く行くぞ」

慶次が早足で歩き出すと、待ってよと有生がニヤニヤしながら追いかけてくる。ひそかな思いを胸に、慶次は離れの引き戸を開けた。

まだ日は高かったが、有生と布団にもつれ込み、全裸になって快楽を貪った。有生とは数え切れないくらい身体を重ねているが、何度抱かれても飽きることなく、毎回泣かされてしまう。有生しか知らないから他の人とやったらどうだか分からないが、身体を繋げると安心感と幸福感に満たされるのが不思議でならない。こと、セックスにおいては、有生は尽くすタイプだと思う。何も知らなかった慶次の身体は有生の手で変えられた。考えたくはないが、もし有生と別れる事態になったら、慶次は寂しくなって生きていけないかもしれない。

（あー、俺ってこういう人間だったんだぁ。知らなかった……）

身体の奥に有生の精液をたっぷり注ぎ込まれて、痙攣しながら慶次は頭の隅でそんなことを考えた。

親元にいる頃、有生とこういう仲になる前、慶次は自分のことを強い人間だと思っていた。寂しさなんて感じたこともないし、清廉潔白で真面目な人間だと思い込んでいた。

けれど子狸が消えた時、慶次は自分がちっとも強くなかったことを自覚した。

しかも、嫉妬したり、不安に苛まれたり、極めつけは寂しがりだと分かったことだ。自分が思い込んでいた自分と、本来の自分は大きくかけ離れていたのだ。

「慶ちゃん、大丈夫……？」

荒い息遣いで慶次に覆い被さってきた有生が、心配そうに汗ばんだ慶次の額に張りついた髪を掻き上げる。何度目かの射精を身体の奥で受け、慶次は、はぁはぁと息を乱して有生に手を伸ばした。何度果てたか覚えていないくらい、慶次の腹部は精液で汚れている。互いの身体は冬なのに燃えるように熱くて、繋がった奥はまだじんじんと疼いている。

「うん……、気持ちいー……。お前と繋がってると」

有生の首に腕を回し、慶次は上擦った声で囁いた。潤んだ目を有生に向けると、先ほど達して萎えたと思った有生の性器が、身体の奥でむくむくと膨れ上がる。

「あ……っ、またおっきくなった……。嘘ぉ……」

慶次が腰をひくつかせて言うと、有生が荒い息遣いで慶次の髪を掻き乱す。

「慶ちゃんの顔見てたら、そそられた。はぁ、慶ちゃんってどうしてそんなエロいの？　俺の精力、全部搾《しぼ》り取る気？」

慶次の頬に舌を這わせ、有生がうっとりとした声を出す。戯れに尖った乳首を指で弾かれて、慶次は甘く呻いた。有生に触られるとどこもかしこも気持ちよくて、鼻にかかった声が止められない。

「ふふ、耳出てる……。やっぱり慶ちゃんは耳があったほうが可愛い」

慶次の頭を撫でながら有生が嬉しそうに笑う。そういう有生だって耳が出ている。

「あのさぁ……前にお前が、俺が一人暮らし始めた時、『もっと寂しがると思ってた』って言ってたじゃん」

有生に抱き起こされて、慶次はしっとりした身体をもたれかけさせた。座位で繋がったまま、有生が頬やこめかみ、耳朶にキスを降らせる。

「うん。それが何……？」

有生の舌が耳の穴に入ってきて、慶次はぞくぞくして身をすくめた。耳朶を食まれ、吐息が耳をくすぐる。慶次は一息ついて、有生を見つめた。

「やっぱり俺、一人暮らし寂しい。子狸がいたから平気だっただけだって分かっちゃった」

頬を赤らめて言うと、有生の動きが止まる。子狸がいなかった時、一人になったらものすごく

寂しくて仕方なかった。実家に戻ろうかと考えたくらいだ。自分がこんなに寂しがりだったなんて、知らなかった。

「つまり……？」

期待に満ちた眼差しで、有生が慶次の両頬を手で包み込む。

「えっとー。あのー」

自分から言いづらくて、慶次はもじもじした。

「慶ちゃん、ちゃんと言って」

真剣な目で促され、慶次は意を決して顔を上げた。

「一緒に暮らしたい」

顔を赤くして言うと、有生の顔は蕩けるように弛んだ。次には激しいキスが降ってきて、きつく抱きしめられる。有生の体温がすごく上がっていって、興奮しているのが慶次にも伝わった。キスは長く続き、言葉さえ発せられないくらいだった。息苦しくて有生の背中を叩いて止めると、今までに見た中で一番幸せそうな表情で有生が笑う。

「あーマジで今、死んでもいい。すげー幸せ。慶ちゃんが俺と同じくらいまで気持ちが上がってきた気がする。一方通行じゃない、慶ちゃんの愛情感じる」

見惚れるくらい綺麗な顔で見つめられ、慶次は何故か目が潤んで有生に抱きついた。

「うー。この俺がこんなに恋愛に溺れるとは……」

悔しい気持ちもあって、慶次はぶつぶつ文句を言った。

「慶ちゃん、愛してる」

隙間もないくらい抱きしめられて、慶次は有生の背中を愛しげに撫でた。

「俺も……愛してます」

恥ずかしかったけれどちゃんと言おうと思い、慶次は心を込めて囁いた。感極まったように有生が慶次の肩に顔を埋め、「俺、マジで明日死ぬかも」と本気の口調で呟いた。

あとがき

こんにちは&はじめまして夜光花です。

何とシリーズ6冊目になりました。好きと言って下さる読者様のおかげです。今回は鋼のメンタル慶次がペットロスならぬ眷属ロスになる回でした。何だかんだと恋人関係も深まり、いい感じになってきたと思います。長崎いいですね。このシリーズに出てくる神社とかお寺は一応全部回っております。どこもお勧めです。次はどこに行こうかな。何かお勧めのとこがあったら是非お聞かせ下さい。

イラストを担当して下さった笠井あゆみ先生、毎回美麗でエロ可愛いものをありがとうございます。表紙の子狸の可愛さに失神しかけました。卓越した色彩感覚と細部まで手を入れた素晴らしい絵に感動です。一冊目から並べると統一感があって最高ですね。口絵も色っぽくてすごく好きだし、このシリーズは笠井先生の絵を抜きには語れません。とうとう瑞人が絵に！　いつもお忙しいのにありがとうございます。

担当様、今回メインの神社が担当様の実家の近くというミラクルが起きてびっくりです。書く前に知りたかった……。今後もよろしくお願いします。

読んでくれた皆様、感想などありましたら聞かせて下さい。また続きが書けたら嬉しいです。

ではでは。次の本で出会えることを願って。

夜光花

◆初出一覧◆

狐の愛が重すぎます －眷愛隷属《けんあいれいぞく》－　／書き下ろし

ビーボーイノベルズをお買い上げいただきありがとうございます。
この本を読んでのご意見・ご感想をお待ちしております。

〒162-0825 東京都新宿区神楽坂6-46
ローベル神楽坂ビル4F
株式会社リブレ内 編集部

アンケート受付中
リブレ公式サイト　https://libre-inc.co.jp
TOPページの「アンケート」からお入りください。

狐の愛が重すぎます －眷《けん》愛《あい》隷《れい》属《ぞく》－

2021年9月20日　第1刷発行

著　者――――夜光 花

発行者――――太田歳子

発行所――――株式会社リブレ

〒162-0825
東京都新宿区神楽坂6-46ローベル神楽坂ビル
営業　電話03(3235)7405　FAX 03(3235)0342
編集　電話03(3235)0317

印刷所――――株式会社光邦

Printed in Japan
ISBN978-4-7997-5412-2